1.–

Freitag, der 13te

Wahrheit und Dichtung

Lustige, nachdenkliche, erotische, skurrile und traurige Geschichten

Vorwort

Was ist dran an diesem Aberglauben, dass Freitag, der 13te, ein Unglückstag ist?

So mancher Aberglaube lässt sich als „selbsterfüllende Prophezeiung“ verstehen. Dieser soziologische Begriff bedeutet: Wenn man fürchtet, dass am Freitag, den 13., mehr schief geht als sonst, wird das auch passieren. Das eigene Verhalten führt dazu, dass sich die Erwartungen bestätigen.

Die Angst vor der Zahl 13 ist der vielleicht am weitesten verbreitete Aberglaube. Der psychologische Fachausdruck dafür ist: „Triskaidekaphobie“ - übersteigerte Furcht vor der Dreizehn. Viele Hotels lassen die Zimmernummer 13, viele Fluggesellschaften die Reihe 13 aus, um Probleme zu vermeiden.

Aber was ist an der 13 so schrecklich?

Eine Erklärung stammt aus der Bibel: Am letzten Abendmahl sollen insgesamt 13 Personen teilgenommen haben und die 13. Person verriet Jesus. Das war Judas.
Eine ganz andere Deutung reicht bis zu den Anfängen der Menschheit:
Nach neueren wissenschaftlichen Erkenntnissen waren die menschlichen Urgesellschaften Matriarchate. Das heißt, Frauen hatten entscheidenden Einfluss auf die kulturellen und sozialen Errungenschaften der Vorgeschichte.
Fundstücke aus der Altsteinzeit zeigen, dass die ersten Menschen ihre Zeit nach Mondmonaten einteilten. Eine Mondphase von 28 Tagen ent-

sprach dem weiblichen Menstruationszyklus. Ein Mondjahr hatte 13 Monate. Das Wort Menstruation hat übrigens seine Wurzel im lateinischen „mensis", also „Monat".
Später wurde die Zeitrechnung geändert. Der Übergang von der 13 zur 12 bezeichnet also eine neue Zeitrechnung. Damit einher ging ein Umbruch der Gesellschaft. Das Patriarchat und seine männlichen Götter verdrängten die alte matriarchale Weltordnung mit ihren weiblichen Göttinnen. Das war für die Frauen schrecklich.

In diesem neuen Weltbild musste auch der Freitag suspekt sein. Denn Freitag ist der Tag der altnordischen Liebes- und Fruchtbarkeitsgöttin Freya. Und deren heilige Zahl war eben die 13.
Als es im Mai 1927 ausgerechnet am Freitag, den 13., zu einem großen Börsencrash kam, machte bald der Ausdruck schwarzer Freitag die Runde. Dabei begann alles schon am Donnerstag.
In diesem Begriffspaar verbinden sich gleich zwei abergläubische Vorstellungen: Der Freitag und die Dunkelheit. Die Farbe der Nacht, schwarz, war in vielen Kulturen ein Symbol der großen Muttergöttin.

Apropos schwarz - auch schwarze Katzen sollen ja bekanntlich Unglück bringen. Im alten Ägypten betete man dagegen noch eine Katzengöttin namens Bastet an. Und Freyas Wagen wurde von einer Schar von Katzen gezogen ...

und nun wünsche ich viel Vergnügen bei der Lektüre von Freitag, dem 13ten

Herausgeber

Schweitzerhaus Verlag GmbH
Ginsterweg 18 40699 Erkrath
Telefon 02129 31152 Telefax 02129 31153
eMail: info@schweitzerhaus.de

Umschlaggestaltung: Ilona Schwarz
Satzlayout: Heike Schreiber
Illustrationen: Karin Schweitzer
Druck und Verarbeitung: Advantage Printpool

Besuchen Sie uns im Internet:
www.schweitzerhaus.de

1. Auflage 2007

ISBN: 978-3-939475-06-4

Schweitzerhaus Verlag

Autoren

Alexandria Bock
Andrea Redmann
Birgit Herbst
Chris Cerredwin Keya
Cornelia Pforr
Elly Lindt
Jürgen Kraußlach
Hannelinde Hans
Kerstin Surra
Klaus D. Bornemann
Kornelia Frenzel
Melanie Müller
Patrizia Bornemann
Raoul Yannik
Robert Heinzel
RosMarin
Ryan Elbwood
Susi Hahn
Suzan Batty

Inhaltsverzeichnis

Der LiebesTräumer

RosMarin

Wie immer, wenn ich zu Linda komme, sehe ich sie vor ihrem Computer sitzen. Und wie immer überkommt es mich. Dieses unsägliche Lustgefühl. Dieses Verlangen, das nicht zu bändigen ist. Ich spüre, wie sich mein so genanntes bestes Stück erhebt, ein Zittern durch meinen Körper fährt, mein Mund trocken wird, die Stimme versagt.
Kein Wort könnte ich in diesem Augenblick mit Linda reden. Nicht ein einziges. Ein unartikuliertes Grunzen würde ich vielleicht noch zustande bringen. Vielleicht. Doch jetzt soll damit Schluss sein. Ein für allemal. Das Eis muss brechen.

***

Leise trete ich von hinten an Linda heran. Nein! Heute kann ich keine Rücksicht auf ihre Arbeit nehmen. Heute muss ich sie fühlen, berühren, riechen, schmecken. Ich muss! Heute ist die Gelegenheit, die nicht so schnell wieder kommen wird. Denn es ist Freitag, der Dreizehnte. Der Volksmund sagt, dass man an diesem Tage Pech hat. Na, ich plädiere eher für Glück. Doch ich weiß, das Glück fällt nicht einfach so vom Himmel. Man(n), in diesem Falle ich, muss schon etwas dafür tun. Ja, das Glück will herausgefordert werden. Und zwar richtig. Es schenkt nicht dem seine Gunst, der nur davon träumt. Also, packe ich es an. Frisch gewagt ist halb gewonnen. Ist so ein Sprichwort. Aber es hat was. Wie fast alle Sprichwörter. Hinter den banalen Worten verbirgt sich oft eine große Weisheit. Aber nun genug des

Philosophierens.
Linda hat ihr süßes rosa Kleid an. Das mit den bunten Blumen und den Spaghettiträgern. Ich weiß, dass sie darunter nur einen winzigen geilen Slip trägt. Nichts sonst. Ihre wundervollen Brüste schwingen frei unter dem dünnen Stoff. Ich ahne, wie sich ihre Kirschen abzeichnen. Nein, es ist vorbei mit meiner jahrelangen Beherrschung. Ich kann und ich will nicht mehr nur ihr Freund sein. Der Mann für alle Fälle. Nur nicht für den einen. Nein!
Mit beiden Händen umfasse ich zielsicher die wogenden Wonnen. Drücke sie fest. Diese Euter der Lust. Diese wundervollen Paradiesäpfel.

Lindas kleiner Aufschrei beeindruckt mich nicht im Geringsten. Ich deute ihn als Lustschrei. Na, mehr so als Lustseufzer. Ich bin geil, beiße in Lindas Ohrläppchen, lecke die Muschel, flüstere heiser: „Oh, Linda, du machst mich so geil. Ich will dich“, während ich voll Inbrunst ihre herrlichen Titten knete. Ich kann sie kaum bändigen mit meinen Händen, muss sie richtig fühlen, der Stoff stört.

Mit einem Skalpell, das ich immer in einem Köfferchen bei mir trage, man kann ja nie wissen, durchtrenne ich schnell die dünnen Träger. Meine Hände zittern vor Lust und Gier. Versehentlich ritze ich dabei die Haut an ihrer linken Schulter.

Linda schreit wieder auf, rührt sich jedoch noch immer nicht, sitzt steif, wie erstarrt, auf ihrem Drehstuhl. Der Überfall ist gelungen.
Ein winziges Rinnsal ihres Blutes bahnt sich seinen Weg zwischen ihren Brüsten. Das macht mich noch

verrückter. Mit einem Ruck ziehe ich den dünnen Stoff über ihre reifen Äpfel, hinunter zum Bauch, wühle meinen Kopf zwischen ihre verführerischen Liebesbälle, bin wie von Sinnen, lecke, sauge an den Nippeln, die hart und steif in meinen Mund wachsen. Dann beiße ich zu. Wie ein Wolf, der seiner Beute sicher ist.

Ja! Jetzt erwacht Linda aus ihrer Starre; ihr Körper wird weich, ihre Säfte beginnen zu fließen, ich kann es atmen, reiße sie aus dem Stuhl, streife ihr Kleidchen nach unten zu den nackten Füßen. Willig hilft sie mir, steht nur in dem kleinen weißen Slip vor mir, bereit, sich zu ergeben.

Dieser Anblick vollendeter Weiblichkeit, das dunkle Aufblitzen bejahender Augen, diese wogenden Brüste, das leichte Spreizen der Beine, bringt mich schier um den Verstand. Ich muss aufpassen, dass ich nicht komme. Noch nicht!
Mit gebleckter Zunge verfolge ich die Blutspur, die in einem feinen Strich über Lindas weichen Bauch abwärts fließt, beiße wieder zu, sauge diese samtige, warme Haut.

Zärtlich umfasst Linda meinen Kopf, drückt ihn fest an sich; das Blut hat ihren Slip erreicht. Ungeduldig grabe ich meinen Kopf in Lindas heißen, nassen Schoß. „Linda! Linda!", murmele ich. „Du duftest so geil."
Ja, sie erwartet mich, lechzt ebenso wie ich danach, will es. Jetzt!
Mit dem Skalpell durchtrenne ich ihren weißen Slip, schiebe ihn herunter, erblicke endlich ihre

schon leicht geöffnete Liebespforte.
Schnell beuge ich Linda über den Schreibtisch, will nur noch rein in sie; sie spreizt ihre Beine; mit einem einzigen Stoß gleite ich in sie hinein, ganz tief, packe sie hart an den Hüften, bestimme die Gangart.
Linda dreht und windet sich, stöhnt und schreit: „Jaa! Ja! Komm! Komm! Gib's mir!"
Wir keuchen um die Wette. Unsere Bewegungen werden immer heftiger, schneller, unkontrollierter.
„Linda! Du verdammtes Traumweib!", schreie ich. „Komm! Komm!"

***

„Was hast du da eben gesagt?" Linda wendet mir ihr ruhiges Gesicht zu. „Traumweib. Verdammtes?"

Der Drehstuhl quietscht gequält auf.

„Nein", stammele ich. „Nein. Ich soll doch deinen Stuhl reparieren. Das Skalpell, äh, den Schraubenschlüssel, habe ich in meinem Köfferchen."

Schneetreiben

Klaus D. Bornemann

1

„Ich wünsche ihnen ein schönes Wochenende, Herr Neumann, und natürlich auch die besten Wünsche für ihre Gattin und die reizenden Töchter."
Nett, denkt er und versucht mit einem verstohlenen Blick den Namen der jungen Frau auf dem silbernen Schild an ihrem Blazer zu entziffern. „Vielen Dank Frau ..." Neumann kommt ins Stocken.
„Waschinski."
Die Angesprochene läuft rot an, offenbar hat sie den wohl um eine Nuance zu langen Blick auf ihren Busen, der jedes Model vor Neid erblassen ließe, missdeutet.
„Danke", entgegnet sie kurz angebunden und wirft ihm einen eisigen Blick zu.
Neumann registriert erstaunt ihren plötzlichen Wandel, den ärgerlichen Blick, die unwillkürliche schützende Handbewegung Richtung V-förmiges Blusendekolleté. Natürlich sind ihm die üppigen Wölbungen unter der dunkelblauen Kostümjacke nicht verborgen geblieben, aber so war das nun wirklich nicht gemeint. Warum hat sie auch so einen komplizierten Namen, denkt er, zuckt die Achseln und wendet seinen Schritt Richtung Ausgang. Er denkt daran, dass diese Filiale der Kosmetikkette zum Jahresende geschlossen werden soll. Er wundert sich, dass Frau Waschinski, bis auf diesen kleinen Fauxpas, so freundlich, fast frohgemut

wirkt. Wahrscheinlich gehört sie zu den wenigen Glücklichen, die in einer anderen Niederlassung untergekommen sind.

Irgendwie ist es härter geworden, pflegt er süffisant zu bemerken, um insgeheim den Satz mit einem 'nur für Versager' fortzusetzen, denn ihm selbst geht es ausgezeichnet. Als Pharmavertreter, Pardon, Pharmarepräsentant, er zieht diese Bezeichnung vor, nimmt es ihm doch den unangenehmen Beigeschmack des Klinken putzenden Staubsaugervertreters, macht er prächtige Geschäfte. Dennoch, in seltenen, ehrlichen, losgelösten Momenten, so nach ein paar Bier und in emotional aufgeräumter Stimmung, geht er mit sich selbst ins Gericht, bekennt, dass er in der Regel den Herren Doktoren irgendeinen unsinnigen Mist aufschwatzt, der lediglich ihm und der Pharmaindustrie von Nutzen ist. „Pfui Teufel", sagt er dann, bestellt sich im nächsten Atemzug ein neues Bier und beginnt mit glühenden Wangen über das versteckte Gewinnpotential der zunehmenden Geriatrisierung zu spekulieren, was in aller Regel ein breites, zufriedenes Lächeln auf sein Gesicht zaubert.

Heute ist er bester Laune. Freitag, der Dreizehnte und sein persönlicher Glückstag und außerdem naht das Weihnachtsfest. Unerwartet und schnell hat er den Kontrakt mit dem Gertrudis Krankenhaus unter Dach und Fach gebracht. Ein würdiger Abschluss des Geschäftsjahres, findet er, tritt vor die Tür, schlägt den Mantelkragen schützend hoch. Die Dämmerung setzt ein und es hat wieder heftiger angefangen zu schneien. Ungezählte, in ihrer kristallinen Vielfalt schimmernde Schneeflocken vollführen im orangegelben Licht der Bogenlaternen einen wilden, chaotischen Tanz, fallen schillernd zu Boden und werden von eiligen Passanten in schmutziggrauen Matsch verwandelt.

Sabine und die Mädels werden sich freuen, dass ich einen Tag eher nach Hause komme. Er stemmt sich gegen den Wind. Schneeflocken schlagen ihm schmerzend ins Gesicht, schmelzen auf der warmen Haut, vereinen sich zu kleinen Rinnsalen, die über das Kinn den Hals hinunter fließen, um schließlich von seinem grauen Kaschmirschal aufgesaugt zu werden.

Über der Straße schaukelt bunte Weihnachtsdekoration, ein flackernder Plastikweihnachtsmann droht seinen Halt zu verlieren, sein linker Arm verfängt sich in mit bunten Lämpchen durchsetztem Plastiktannengrün.

Der Weihnachtsmann ist fürs Erste gerettet, die bunten Lämpchen verlöschen.

Neumann sucht Schutz im Eingang eines eher altmodischen Spielzeugladens, schüttelt den Schnee von seinem Mantel, blickt auf die im Schaufenster ausgestellte Modelleisenbahn.

Vom Ladenbesitzer als Reminiszenz an alte, für ihn und sein Geschäft bessere Zeiten gedacht, ist die kleine Anlage liebevoll mit Tannengrün, roten Glaskugeln und farblich passenden Schmuckschleifen geschmückt. Bahnhof, Abstellgleis, ein paar rote Werkzeugschuppen, Bahnübergänge mit Schranken vor denen anachronistisch anmutende Plastikautos warten, und ein kleines Gebirge, durch das ein Tunnel führt, mit anderen Worten, sie ist nahezu perfekt.

Neumann ist begeistert, vergisst Schnee und Matsch, sieht nur noch diese Märklin Lok, das Modell der Dampflokreihe 03. Gebannt schaut er zu, wie das Prachtstück aus dem Tunnel auftaucht, mit Schwung in die nächste Kurve geht, über die Weiche rattert, das kleine Oval im Nu umrundet, sich schnaufend einen kleinen Hügel hinaufarbeitet, um dann wieder vom Berg verschluckt zu werden. Erinnerungen werden wach; wie er, der kleine Neumann, sich am Schaufenster die Nase platt drückt und von der sagenhaften Schnellzuglokomotive Baureihe 03 träumt. Der kleine Neumann weiß, dass dieser Traum unerreichbar ist, gar nicht daran zu denken, nicht im Entferntesten.

Der mannshohe Weihnachtsmann im Hintergrund lächelt ihn freundlich an und macht eine einladende Bewegung mit den Armen. Täuscht er sich oder hat der Weihnachtsmann ihm wirklich zugezwinkert?

Neumann schüttelt den Kopf, als wolle er das Hirngespinst vertreiben, entschlossen drückt er die alte Messingklinke herunter.

Später, wenn er gefragt wird, kann er nicht mehr sagen, welcher Impuls ihn wirklich getrieben hat, den Laden zu betreten.

„Sentimentaler Schwachsinn", antwortet er dann gemeinhin und, wahrscheinlich wäre alles Weitere nicht geschehen, wenn er in diesen Moment nicht

schwach geworden wäre.
Der alte Herr Kowalski ist jedenfalls erstaunt, den hellen freundlichen Klang der kleinen silbernen Glocke über der Eingangstür zu hören, denn selbst in der vorweihnachtlichen Zeit, wo doch jedermann auf Geschenkjagd zu sein scheint, verirrt sich kaum ein Kunde in seinen zugegeben sehr altmodischen Laden. Nächstes Jahr wird er das Geschäft wohl aufgeben müssen, die hohen Mieten, hier, in der nahezu besten Geschäftslage und natürlich die modernen Zeiten mit den vielen Discountern, da kann er einfach nicht mehr mithalten. Er mustert Neumann von oben bis unten. Gut geschnittener anthrazitfarbiger Mantel aus teurem Tuch, dafür hat er einen Blick, darunter fällt eine dunkelgraue Anzughose weich auf schwarze Halbschuhe, die selbst unter dem Straßenschmutz ihre 400-Euro-Klasse durchscheinen lassen. Nein, denkt er resigniert, der will bestimmt nur nach einer Adresse oder dem Weg fragen.
„Hhm... hmhm", Neumann eröffnet mit einem Räuspern.
„Kann ich ihnen helfen?" fragt der alte grauhaarige Mann hinter dem Holztresen, auf dem in einer verglasten Vitrine ein paar Modelautos verschiedener Größen auf Kundschaft warten, er nähert sich bedächtig.
„Sie haben da so 'ne alte ......" Neumann macht eine kleine Pause, um das Wort wirken zu lassen, „na ja, so 'ne alte Modelleisenbahn....", wieder eine Unterbrechung, „die Lok, ist die zu verkaufen?"
Kowalski zögert einen Moment.
„Wissen sie." Neumann ist ungeduldig, wartet die

Antwort nicht ab. „Als Kind wollte ich immer so eine Schnellzuglok der Baureihe 03 ..."
Schweigen, man könnte eine Stecknadel fallen hören.
Kowalski wittert seine Chance auf ein einträgliches Geschäft, will den Mann aber etwas warten lassen, die Spannung erhöhen. Er lächelt. „Eigentlich will ich nur die gesamte Anlage verkaufen. Die 03 ist das Zugpferd, ohne sie ist der Rest nur noch die Hälfte wert, und wer weiß, ob ich sie dann überhaupt noch los werde."
Neumann zuckt innerlich zusammen, er ahnt, was jetzt kommen wird und ein paar Hunderter verflüchtigen sich vor seinem geistigen Auge. Seine Stirn kräuselt sich, es ist Weihnachten, ich hab einen sehr guten Abschluss getätigt, will die Lokomotive, unbedingt und ich will nach Hause.
„Nun gut ...." grummelt er, „ich zahle ihnen den Wert der gesamten Modellbahn, aber sie müssen den Rest behalten, ich brauche nur die 03. Ist das in Ordnung für sie?"
Kowalski grinst, grinst breit und seine Mundwinkel scheinen die unmittelbare Nähe der großen, abstehenden Ohren zu suchen.
Man ist sich nun schnell handelseinig, 250 Euro wechseln den Besitzer und Neumann hat trotz allem das Gefühl, ein gutes Geschäft gemacht zu haben.

Mittlerweile hat regelrechtes Schneetreiben eingesetzt und nach wenigen Minuten gelingt es selbst den ungezählten Stiefeln und Schuhen nicht mehr, die immer rascher fallenden, großen Schneeflocken

in unansehnlichen Matsch zu verwandeln. Zögernd, fast betulich, aber letztendlich unaufhaltsam legt sich ein gnädiges, weißes Tuch über die Hässlichkeiten der Stadt.
Durch treibende Flocken und einen trübenden Tränenschleier vor den Augen sucht Neumann die hoch aufragende, mit Girlanden aus bunten Lämpchen geschmückte Tanne auf dem Weihnachtsmarkt. Mit ihrem weithin sichtbaren, leuchtend roten Stern als Spitze, einem Leuchtfeuer an stürmischer Küste gleich, weist sie ihm den Weg.

Die kleinen Holzbuden scharen sich um einen mächtigen Baum wie die Häuser um eine Kirche in einem kleinen Dorf. Die meisten Händler räumen schon ihre Auslagen ein, nur an den beiden Glühweinständen herrscht noch reger Betrieb. Neumanns Schritte werden langsamer. Ein Glühwein kann nicht schaden, denkt er und derweil er noch überlegt, ob ein kleiner, ja vernachlässigbarer Becher des heißen alkoholischen Getränks die Promillegrenze sprengt, hat er schon bestellt.

Er legt die weiße Plastiktasche mit Lok 03 auf den runden Tisch und nimmt den klobigen blauen Becher, ohne die Handschuhe auszuziehen, fest in beide Hände. Während der Glühwein brennend seine Kehle hinunterfließt, in seinem Magen ein wohltuendes Feuer entfacht und der Schnee auf seinem Haar zu schmelzen beginnt, wird er von einem eher rohen Zeitgenossen immer näher an ein munter plauderndes Pensionärspaar gedrückt. Neumann fühlt sich unbehaglich, er hasst aufgezwungene Nähe. Abrupt stellt er den noch nicht ganz geleerten Steingutbecher auf die Resopalüberzogene graue Abstellfläche, zerrt den rechten Handschuh von seinen Fingern, kramt in der Manteltasche nach Kleingeld und legt drei Euro auf den Tresen. Ärgerlich schlägt er mit einem Ruck den Mantelkragen hoch und macht sich auf den Weg.

Nur noch durch den Park, denkt er, seine Füße sind kalt und nass, er beginnt zu frieren.
Der Stadtpark hat sich in eine bizarre Schneelandschaft verwandelt. Büsche werden zu schattenreichen, weißen Skulpturen, sind eine Nuance dunklere Inseln auf der sanft gewellten weißen Fläche. Im Gaslaternenstil gehaltene Parkleuchten mit ihrem gedämpften Licht sind Neumanns einzige Wegweiser in weiß-grauer Nacht. Plötzlich ist es still, er verharrt für einen Moment, lauscht in die Dunkelheit, glaubt den Schnee fallen zu hören. Unheimlich, denkt er, mitten in der Stadt und so still, der Schnee schluckt jeden Ton.
Er genießt es, als erster seine Spur in unbeflecktes Weiß zu setzen, macht einen Schritt vorwärts, lauscht auf das Knirschen unter seinen Schuhen, bewegt sich erst vorsichtig, tastend, dann schneller, erinnert sich an die Kindheit, das sehnsüchtige Warten auf die ersten Flocken. Jeden Morgen ist er sofort zum Fenster gerannt, hat hinaus geblickt in den kalten Morgen und ist enttäuscht mit gesenktem

Kopf zurück getrottet, wenn der Rasen auf dem Wäschetrockenplatz zwischen den Mietshäusern immer noch diese trostlose grünbraune Farbe zeigte. Für Neumann wird dieses Grünbraun zum Symbol für Novembermelancholie, die übrigens durchaus auch in sonnengefluteten Monaten auftreten kann, und zähes, langweiliges, lähmendes Warten.
Aber eines Morgens ist es dann endlich soweit, die erste dünne Fläche, unschuldiges Weiß verdeckt Trostlosigkeit, ist aber noch nicht perfekt, an einigen Stellen stören, wie Pickel auf zart schimmernder Haut, schmutzig braune Erhebungen das Bild. Hastig sprintet klein Neumann los, streift sich seine Kleidung über, schlüpft in die Schuhe, stürmt nach unten und blickt wenig später auf seine dunklen Spuren im frischen Schnee.

Er unterbricht abrupt seine Exkursion in schemenhafte längst vergangene Zeiten, ist da nicht ein Geräusch, hat da nicht jemand gerufen? Er bleibt stehen, dreht sich um. Angestrengt versucht er den dichten Vorhang aus ungezählten treibenden Schneeflocken zu durchdringen. Seine Augen füllen sich mit Tränen, er zieht einen Handschuh aus, wischt über sein Gesicht. Da ist ein Schatten und er kommt näher. Neumann hört das Knirschen von Schuhen im Schnee. Seine Schritte werden schneller, er muss an die Schlagzeilen der letzten Wochen denken. Wie eine Endlosschleife blinken sie vor seinem inneren Auge.
Buchstabe für Buchstabe, verschwinden die bedrohlichen Botschaften links in der Dunkelheit, um sich dann rechts leuchtend wieder zusammen

zu setzen. „Raubüberfall im Stadtpark", „Vergewaltigung im Stadtpark", „Rentnerin im Stadtpark beraubt".
Kein Mensch weit und breit, wenn der mich erwischt, bin ich ihm hilflos ausgeliefert, wer weiß denn schon, welcher verrückte Junkie sich hier rumtreibt und Geld für seinen nächsten Schuss braucht. Außerdem steht Weihnachten vor der Tür, da brauchen die doch alle Kohle.
Er versucht schneller zu gehen, aber seine Designerschuhe, die elegante „vom Haus ins Auto und zurück" Version, sind für diese Witterungsverhältnisse nicht geschaffen. Neumann rutscht nun mehr als dass er geht. Kleine Schweißperlen bilden sich auf der Stirn und im Nacken. Er dreht sich um, kann im dichten Schneetreiben nichts erkennen. Vielleicht nimmt der Kerl ja eine Abkürzung und taucht plötzlich vor ihm auf.

Jetzt ist der Schnee nicht mehr die Erlösung von der Langeweile, die ersehnte Abwechslung, jetzt ist er Verbündeter des Gegners, Teil der Gefahr. Neumann hastet vorwärts, stolpert, rutscht, verliert den Halt, fällt vornüber in den Schnee. Er rappelt sich hoch, versucht die wie Puderzucker haftenden weißen Flecken von seinem Mantel zu klopfen, taumelt gehetzt weiter. Die Unterführung, ich muss es bis zur Unterführung schaffen, hämmert es in seinem Kopf, da bin ich erst einmal sicher.
Die Graffiti verschmierte, nach Urin stinkende Unterführung, im Sommer von Spaziergängern bei Platzregen als ungeliebter, aber notwendiger Unterschlupf genutzt, von Neumann nur

angeekelt und mit angehaltenem Atem schnellen Schrittes durchquert, ist nun rettendes Eiland, Fluchtpunkt vor einem ungewissen Schicksal, einem gewalttätigen Unbekannten, der in dieser Schneewüste gnadenlos Jagd auf ihn macht.

Da vorn, der dunkle Fleck, dass muss es sein. Er versucht schneller zu gehen, der Schnee klebt unter seinen Schuhen, die Beine werden schwerer. Langsam, viel zu langsam, kommt die rettende Dunkelheit näher. Und wenn er mich kurz vorher abfängt, einfach so aus dem weißen Nichts auftaucht? Neumann zögert, seine Schritte werden schleppender. Was, wenn er neben dem Eingang lauert, zuschlägt, während ich gerade den Tunnel betrete. Egal, ich muss es riskieren. Er sammelt seine Kräfte, nimmt sich ein Herz und hastet los. Plötzlich, ein heftiger Stich, Neumann stürzt.

2

Der Rahmen könnte auch mal einen frischen Anstrich vertragen, Weber streicht mit der Hand prüfend über den rauen Lack. Nachdenklich blickt er in die Nacht. Die meisten Fenster in den Wohnblocks auf der gegenüberliegenden Straßenseite sind hell erleuchtet und in vielen hängt die übliche Weihnachtsfensterdekoration, Sterne, Rentierschlitten, Engel und Weihnachtsmänner in allen nur denkbaren Variationen. Unten, auf der Straße, sind die parkenden Autos vollständig vom Schnee bedeckt und selbst die blauen Müllsäcke neben den Hauseingängen verschwinden unter der weißen Pracht. Ein heller Mercedes schleicht über die Kreuzung, wälzt lautlos frische Reifenspuren in den Schnee. In seinem Scheinwerferkegel wirbeln Schneeflocken. Die sich überschneidenden, in einander verwundenen Reifenspuren erinnern Weber an ein Foto aus den dreißiger Jahren, er kann sich nicht mehr erinnern, welcher Fotograf oder welches Bild es nun genau gewesen ist, da ist nur diese Ahnung, wie ein Déjà-vu.

Wie friedlich die Welt scheint, denkt er, als ob der Schnee die Stadt mit einer Magie überzieht, die für kurze Zeit sämtliche Dramen gnädig zu überdecken scheint. Er reißt sich los von der vermeintlichen Idylle, ist zurück im kargen Aufenthaltsraum der Bereitschaft, geht zu dem einfachen Tisch mit pflegeleichter graumelierter Kunststoffoberfläche, auf der eine blaue Kaffeemaschine vor sich hin blubbert. Ordentlich aufgereiht stehen zwei sauber gespülte Becher mit Sternzeichen-Motiven, die aber nicht zwingend das Sternzeichen des Benutzers enthüllen. Daneben ein fast voller, nachlässig aufgerissener Karton Würfelzucker und ein frischer Tetrapack H-Milch.

An die gegenüberliegende Wand gerückt, ein schlichtes, weiß bezogenes Bett, das kleine Kopfkissen ist unbenutzt und die Überdecke liegt ordentlich gefaltet am Fußende. Der kleine Plastikweihnachtsbaum, auf dem braunen Büroschrank neben der Tür, ist der gut gemeinte, jedoch hilflose Versuch die Kargheit des Zimmers mit etwas festlicher Stimmung zu verzaubern, die bunte gewundene Lichterkette flackert nervös.

Weber setzt sich auf den unbequemen Küchenstuhl. Wochenenddienst, denkt er und lächelt, normalerweise wäre er übelst frustriert, hätte alle Hebel in Bewegung gesetzt, um diesen Kelch an sich vorbeiziehen zu lassen. Aber dieses Jahr ist alles anders. Dieses Jahr hat er sich freiwillig zum Wochenenddienst gemeldet, dieses Jahr ist die Bereitschaft seine Insel, seine Rettung vor deprimierenden Festtagen.

In letzter Zeit läuft es nicht mehr so richtig in seiner Ehe. Megan ist jetzt immer häufiger bei ihrer Mutter, sagt sie jedenfalls. Weber glaubt es eine ganze Weile, macht sich sogar Sorgen um deren Gesundheit. Aber dann ist Megan nicht da, als er versucht sie anzurufen. Er fragt sie nicht, wo sie war, hat Angst vor der Antwort. Weber fängt an zu spekulieren, malt sich aus, wo sie sein könnte, mit wem sie sich trifft. Das Misstrauen wächst, die Gespräche werden rarer, sind verkrampfter. In Webers Kopf formt sich die Schimäre eines Nebenbuhlers, eines Konkurrenten, um die sicher geglaubte Liebe seiner Frau. Mit seiner Sprachlosigkeit wächst die Gewissheit am Betrug, wird schließlich zur unverbrüchlichen Wahrheit.
Da muss ganz einfach ein anderer Mann im Spiel sein.
Einmal denkt er sogar daran, einen Privatdetektiv zu engagieren, verwirft den Plan aber wieder, nachdem er sich Klarheit über die Kosten verschafft hat. Er braucht Abstand. Und da er keine Freunde hat, bei denen er für ein paar Tage unterkommen kann, seine alten Eltern in ihrer Zwei-Zimmerwohnung

kommen eh nicht in Frage, sitzt er nun hier, starrt melancholisch vor sich hin, wartet ungeduldig darauf, dass der Kaffee durchläuft und sein Partner für die Nachtschicht endlich auftaucht.

Weber schiebt die trüben Gedanken beiseite, schnappt sich den Einsatzplan. Fliedner, Michael. Fliedner, kenn ich den überhaupt? Er durchkämmt sein Gedächtnis, versucht Bilder von Männern mit dem Namen Fliedner in Übereinstimmung zu bringen. Jetzt hat er's, Bild und Name rasten ein. Es ist der Schlaksige, mit den welligen roten Haaren, der ihn immer ein wenig an diesen stotternden Typ aus ein 'Fisch namens Wanda' erinnert, der Name des Schauspielers will ihm partout nicht einfallen. „ .... ist ja auch egal", sagt er, „..... jedenfalls sieht er aus wie Fliedner und der ist jetzt schon eine geschlagene Viertelstunde zu spät."
Was wäre eigentlich, wenn jetzt gerade ein Notfall reinkommt, ja was wäre dann? Er würde ganz schön alt aussehen, müsste blitzschnell versuchen, von einer andern Station Hilfe zu bekommen und vielleicht wäre es ja auch zu spät, dann hätten wir ein richtiges Schlamassel. Der Gedanke daran lässt ihn schaudern. Während sich Weber noch die üblen Konsequenzen dieser, in seinen Augen eklatanten Pflichtverletzung ausmalt und gerade über die rechtlichen Konsequenzen spekuliert, öffnet sich die Tür und Fliedner tritt ein.

„He, du musst Weber sein." Seine Stimme klingt frisch, aber er sieht übernächtigt aus, als ob er schon eine Woche Bereitschaftsdienst hinter sich hat. „Hier sind wir also, die Zwangsverpflichteten, die Sklaven vom Dienst." Er presst ein trockenes Lachen heraus, lehnt seine Umhängetasche gegen das Tischbein und setzt sich auf den freien Stuhl.

Das hat mir gerade noch gefehlt, eine Frohnatur und keine Entschuldigung für die Verspätung. Weber zieht missbilligend die Augenbrauen in die Höhe. „Und du musst Fliedner sein", äfft er seinen Kollegen nach, „....na dann, auf gute Zusammenarbeit. Ich hab den Übergabekram schon erledigt." Er streckt Fliedner die Hand hin. Der blickt kurz auf die dargebotene Hand, ergreift sie mit kurzem, heftigem Druck, dann schnappt er sich einen Becher und füllt ihn bis zur Hälfte mit dampfender schwarzer Flüssigkeit. „Nur schwarz und ohne Zucker wenn ich Dienst habe", grinst er. „Ach übrigens, tut mir furchtbar leid, dass ich zu spät bin, mein Wagen ist nicht angesprungen, da hat mich meine Freundin gebracht", er macht eine Pause, „ .... na ja, und die kommt mit dem Schnee nicht so gut klar."

Bei Weber heben sich schon wieder die Augenbrauen, aus seinen Mund kommt ein gequältes „Schon gut". Kommt ja ein bisschen spät, denkt er und außerdem, wer weiß schon, ob es stimmt. Dieser Fliedner ist ihm unsympathisch. Die nassforsche Art verunsichert ihn. Das kann ja heiter werden, denkt er, aber ich halte mich einfach zurück und ziehe mein Programm durch. Weber greift nach der Glaskanne und in seinem Becher bildet sich eine hellbraune Melange aus zwei gehäuften Teelöffeln

Zucker, einem kräftigen Schuss Milch und Kaffee. Als der richtige Farbton erreicht ist, ein sattes Braun, das an Milchschokolade erinnert, beendet Weber die weitere Kaffeezufuhr mit einem geschickten, durch jahrelange Praxis sicheren, tropffreien Ruck. „Hast du was dagegen, wenn ich den Fernseher anstelle? Ich hab heut noch keine Nachrichten gehört und man muss doch wissen, was in der Welt so vor sich geht. "

Bevor Weber seine Zustimmung geben kann, ertönt die blecherne Stimme des Nachrichtensprechers.
Rein rhetorische Frage, er ist verärgert, fühlt sich in die Defensive gedrängt.
Fliedner starrt wortlos auf den Bildschirm, folgt nicht wirklich konzentriert den Nachrichten. Er will sich ablenken, denn das mit dem Wagen, der nicht anspringt, ist natürlich eine Lüge, er hat schlicht und einfach ein halbes Jahr lang die Leasingraten für seinen nagelneuen BMW nicht gezahlt. Anfangs ist es ihm noch gelungen mit allerlei Ausflüchten die Bank auf Distanz zu halten, aber heute Morgen, in aller Herrgottsfrühe, sind sie aufgetaucht, haben ihn gnadenlos aus dem Bett geklingelt und während er sich noch den Schlaf aus den Augen reibt, verschwinden die Furcht einflößenden Typen vom Moskauinkasso mit seinem heißgeliebten Wagen, unverzichtbarer Bestandteil seiner Identität, im aufkommenden Schneetreiben.
So sitzen beide da, glotzen sprachlos auf den Fernseher und sind so gar nicht feierlicher Stimmung.

3

Neumann lehnt sich schwer atmend gegen seinen schwarzen Volvo, mit jedem Atemzug scheinen tausend Nadeln in seiner Lunge ein schmerzhaftes, quälendes Eigenleben zu entfalten. Mit zitternden Händen öffnet er die Zentralverriegelung. Das ist gerade noch mal gut gegangen, nicht auszudenken, wenn ich dem Kerl in die Hände gefallen wäre. Er startet den Motor, die Scheibenwischer kämpfen sich durch den Zentimeter hohen Schnee auf der Windschutzscheibe, ruckeln schwerfällig vorwärts und bleiben schließlich brummend in der weißen Pracht stecken. Neumann flucht, quält sich aus dem Auto und beginnt mit hektischen Wischbewegungen die Windschutzscheibe vom Schnee zu befreien. Immer wieder wandern seine Augen Richtung Unterführung, versuchen die milchige Wand aus Schnee zu durchdringen. Nichts, kein Schatten, kein Geräusch, nur das Rauschen des Windes.

Neumann rollt mit seiner Limousine langsam über den leeren Parkplatz. Seltsam ..., denkt er, ... als ich meinen Wagen abgestellt hab, war der Parkplatz noch voll und ich konnte kaum eine Lücke finden und jetzt, kein Auto, keine Reifenspuren.
Auch die Stadt wirkt seltsam fremd, Neumann schiebt es auf den Zuckerbäcker-Effekt, den milchigtransparenten Schleier des Schneetreibens. Die starken Xenon-Scheinwerfer seiner Limousine schlagen lichtblaue Breschen in wattige Ungewissheit. Kein Auto begegnet ihm, kein Passant kämpft sich durch den Schnee. Alle haben sich bei

dem Wetter früh in den wohligen Schutz der Häuser zurückgezogen. Jede Ampel auf seinem Weg ist ein einsam leuchtendes, grünes Auge, gewährt freie Fahrt. Für Neumann scheint alles in Ordnung, ganz normal, automatisch findet er seinen Weg in dieser Stadt ohne Hinweisschilder und Straßennahmen. Ein Druck auf den Multifunktionsschalter, freundliches Orange strahlt von der Konsole und ein Kokon aus fröhlich geträllerten Weihnachtsliedern umhüllt ihn. Der Duft von Bratäpfeln steigt ihm in die Nase. Die Straße verschwindet in gleißend heller Unendlichkeit. Wie ferngesteuert zieht der schwarze Volvo seine Spuren in den Schnee. Neumann starrt gebannt auf den Wirbel aus blau schimmernden Kristallen im Scheinwerferkegel. Alles scheint so selbstverständlich, der Weg sicher und klar und ein hell scheinender Horizont das Ziel. Eine große Ulme wächst unvermittelt aus dem Nichts. Plötzlich sind da tiefe Spuren, von zahlreichen Reifen in den matschigen Schnee gezogen. Der Moderator des lokalen Radiosenders berichtet gerade von langen Staus, diversen kleinen und größeren Unfällen und rät jedem, das Auto doch besser stehen zu lassen und auf die ohnehin überfüllten öffentlichen Nahverkehrsmittel umzusteigen.

Langsam gleitet er an Häusern vorbei, die mit Weihnachtsmotiven festlich geschmückt sind und deren Vorgärten in einem weißen Meer aus sanften, erstarrten Wellen versinken. Unter den Hausbesitzern ist ein regelrechter Wettbewerb um den phantasievollsten und prächtigsten Hausschmuck ausgebrochen, Geld scheint dabei

keine Rolle zu spielen. Nur ein Haus scheint dem Wettbewerb um den höchsten Stromverbrauch die Stirn zu bieten. Aus der einsamen Schneewehe im Vorgarten ragt kerzengerade eine große Fichte, deren einziger Schmuck, eine lange Kette gelborange glimmender Kerzenglühbirnen, sich wie eine warme, leuchtende Schlange durch die dichten Zweige windet.
Nur noch den Hügel hinauf, dann bin ich zu Hause, denkt Neumann.

4

Auf dem Bildschirm flimmert gerade die x-te Wiederholung des Terminators und Gouverneur Arnie ist wieder mal voll in seinem Element, das Böse, die hässlichen Pickel, vom Antlitz dieser schönen Welt zu tilgen. Wortkarg kämpft sich der jeder differenzierten Mimik entsagende Akteur durch den Streifen.
Bis jetzt haben Fliedner und Weber kaum drei Worte gewechselt und Fliedner, gelangweilt vom Fernsehprogramm, versucht das Gespräch mit einer positiven Prognose zu eröffnen. „Sieht ganz so aus, als ob es heute ruhig bleibt....“
Weber scheint ihn nicht zu hören, ist weit weg, immer noch gefangen in seiner Welt der Verdächtigungen, Spekulationen und Verlassenheitsängste.
„He, Weber, hörst du überhaupt zu ....“ Keine Antwort.
„Erde an Weber ..., Erde an Weber ....“
Fliedner berührt Weber an der Schulter. Der zuckt

zusammen, rutscht fast vom Stuhl.
„Tut mir leid“, Webers Hand greift nach der Tischkante, „.... tut mir leid“, wiederholt er, „.... ich war mit meinen Gedanken ganz wo anders, ... hab die letzten Nächte schlecht geschlafen, ... du weißt schon, ... immer diese Schichtumstellung, das schafft einen ganz schön.“ Er fühlt sich elend, zerschlagen und einsam. Was wäre, wenn er Fliedner ins Vertrauen ziehen würde, ihn einweihen in seinen Verdacht, vielleicht sogar bitten, ein neugieriges Auge auf Megans Lebensgewohnheiten zu werfen? Weber zögert, als würde er ernsthaft überlegen. Aber wer garantiert Fliedners Integrität, seine Verschwiegenheit? Nein, da muss ich ganz allein durch.

Der soeben als untauglich abgelehnte prospektive Vertrauensträger spürt den kritischen Blick, „Was ist mit dir los, warum starrst du mich so an, habe ich 'ne Narbe im Gesicht?“ Dieser Weber wird langsam unheimlich.
„Ich steh irgendwie neben mir, kann mich nicht richtig konzentrieren ......“ Weber schluckt.
Fliedner steht wortlos auf, öffnet den Arzneischrank, findet ohne hinzusehen die richtige Pillendose, reißt mit kurzen heftigen Ruck den Deckel herunter, schüttet zwei blaue Kapseln heraus und drückt sie, noch immer schweigend, in Webers Hand.
„Ich kenn das“, lächelt er verständnisvoll, „schluck die Kapseln, sonst bist du aufgeschmissen, wenn's hier richtig losgeht.“
Eine halbe Stunde später ist es endgültig vorbei mit Verlassenheitsängsten und wehmütigen Gedanken

an einen abhanden gekommenen BMW, die schrille Klingel ruft die Männer abrupt zurück in die reale Welt ihrer Pflichten.

5

Neumann lässt den Wagen vor der Doppelgarage ausrollen. Er ist endlich angekommen, ist zu Hause. Bedächtig steigt er aus, es hat aufgehört zu schneien und der klare Himmel präsentiert einen hell glitzernden Sternenhimmel, der in seiner Intensität das mit großem Aufwand installierte Lichtermeer an den Häusern mühelos verblassen lässt. Die Vorhänge des großen Wohnzimmerfensters sind zurückgezogen, der warme Lichtschein zieht ihn magisch an. Bis zu den Knien steht er im Schnee, spürt keine Kälte, keine Nässe.

Im Kamin flackert, wie immer bei besonderen Anlässen, ein munteres Feuer, die Flammen werfen bizarre Schatten an die im spanischen Landhausstil gekalkten Wände. Im Hintergrund steht der festlich geschmückte Tannenbaum, auf seiner Spitze strahlt ein filigraner silberner Engel. Um den Baum herum, wie zufällig verstreut, liegen von roter, blauer, grüner und gelber Folie sorgsam verhüllte Geschenke. Der große Deckenfluter ist dunkel, vier Wandleuchten schaffen intime Lichträume. Die Szene strahlt Ruhe und Geborgenheit aus, fordert auf zum Eintreten und Verweilen. Die Tür zum Flur öffnet sich, Sabine kommt ins Zimmer, sie trägt ein knielanges, schwarzes Kleid, an den

Füßen ebenfalls schwarze, elegante Pumps. Ihr Handgelenk schmückt ein fein ziselierter Goldreif und die Ohrclips passen perfekt zu der dreireihigen Perlenkette. Das blonde Haar trägt sie streng zurück gekämmt.
Neumann glaubt einen feuchten Schimmer in ihren Augen zu entdecken. Sie geht zum Kamin, nimmt die Streichhölzer vom Sims und beginnt sorgfältig eine Kerze nach der anderen zu entflammen.
Das ist doch eigentlich meine Aufgabe, denkt er, und warum schon heute. Heiligabend ist doch erst in zwei Wochen. Ihm wird schwindelig.
Das ist ja das kleine Wohnzimmer meiner Eltern, durchfährt es ihn. In der Ecke steht der mit Lametta und bunten Glaskugeln geschmückte Baum. Über der Couch hängt eine Küstenlandschaft, die Gischt wild anstürmender Wellen ergießt sich über den Strand. Der Fernseher musste dem Weihnachtsbaum weichen und fristet sein Dasein auf einem Tischchen, eng an den Wohnzimmerschrank gerückt. Auf dem alten, schon etwas verblichenen Perserteppich steht ein wuchtiger Couchtisch mit Keramikmosaikplatte. Um in der Mitte etwas mehr Platz zu schaffen, sind die beiden Sessel an den Tisch gedrängt. Sein Vater kniet vor dem Baum, rückt in buntes Weihnachtspapier gehüllte Pakete zurecht. Dann richtet er sich langsam auf, kramt in der Tasche seiner Hose, zaubert ein silbernes Feuerzeug hervor und steckt sich damit eine Zigarette an. Er tritt zwei Schritte zurück, wirft einen prüfenden Blick auf das Arrangement, der Abstand scheint zu kurz für den richtigen Blickwinkel, noch ein Schritt, sein Vater kneift die Augen zu kleinen Schlitzen,

stellt den Kopf schräg, geht plötzlich auf den Baum zu, greift zwischen den Zweigen an den Stamm, rüttelt ein wenig, dann zieht er den Arm zurück und verursacht dabei einen heftigen Nadelschauer. Er flucht, geht aus dem Zimmer.

Neumann nähert sich vorsichtig, inspiziert die Pakete. Er ist jetzt ganz sicher, es ist das Jahr, in dem er seine erste Modellbahn bekommen hat. Und da ist es, in blaues Papier gehüllt, das große, rechteckige, flache Paket, darin verborgen Schienen für das Oval, zwei Weichen um zusätzlich ein Abstellgleis oder eine Ausweichstrecke zu stecken, der Zug, bestehend aus einer Diesellok V 200 mit drei Salon- und einem Gepäckwagen. Ein Faller-Bahnhof und zwei Pakete gerader Geleise sind separat verpackt.
Vater kommt zurück, hat seinen Anzug angezogen, die Krawatte sitzt wie immer etwas schief, mit der rechten Hand schleppt er einen randvollen weiß emaillierten Wassereimer, den er griffbereit neben der Gefahrenquelle Weihnachtsbaum platziert. Er wendet sich um, macht einen kurzen Schritt nach vorn, der Arm schnellt hoch und seine Hand schnappt mit blitzartiger Bewegung die silberne Klingel vom Wohnzimmerschrank.
Klarer Glockenklang erfüllt den Raum, wird immer lauter, schwillt an zu einem schrillen, atonalen Chor.
Neumann drückt seine Hände schützend gegen die Ohren, schließt vor Schmerz die Augen.
Dann ist es plötzlich vorbei, er löst vorsichtig seine Hände, öffnet die Augen, einen winzigen

Spalt und schaut in sein Wohnzimmer. Sabines Hand schwenkt lautlos die silberne Glocke, auf glänzendem Metall schimmern bunte Reflexe.

Die Mädchen stürmen herein, stürzen auf die Mutter zu. Neumann stutzt, sind das überhaupt seine Mädels? Gewiss, da ist eine ungeheure Ähnlichkeit, aber irgendetwas stimmt nicht, verwirrt ihn. Seine Stirn zieht sich in Falten, er schließt die Augen. Jetzt hab ich's, das ist es. Sie sind älter, wirken älter, korrigiert er sich, zieht ein Bein aus dem Schnee, steht wie ein Flamingo, schwingt herum und setzt den Fuß treffsicher in die alte Spur. Der Weg zur Eingangstür erscheint ihm weit, viel zu lang und quälend mühsam.

6

„Das mit dem ruhigen Wochenende dürfte wohl ein frommer Wunsch bleiben." Fliedner lässt sich auf den harten Stuhl fallen und streckt die Beine aus. Seine Hand greift nach der Glaskanne, randvoll mit dunkler, Lebensgeister weckender Flüssigkeit. „Und das ist erst der Anfang. Wenn erst die Brandwunden kommen, geht's richtig hart zur Sache." Ihm scheint es Spaß zu machen, Weber zu erschrecken, der ziemlich fertig, lang ausgestreckt auf dem Bett liegt.
Körperlich ist bei ihm alles in Ordnung, aber diese Gedanken, die immer um Megan kreisenden Ängste, bringen ihn noch um den Verstand, wenn er doch wenigstens Gewissheit hätte. Aber was wäre

dann schon besser, er dreht sich um, starrt gegen die Wand, hört wie Fliedner das Zimmer verlässt. Wäre es wirklich besser, wenn er Gewissheit hätte, wüsste, dass Megan einem anderen Mann die Wärme ihres Körpers schenkt? In Ungewissheit steckt immer noch dieser Funken Hoffnung, grübelt er, und so winzig er auch sein mag, er hält uns am Leben. Weber rollt sich herum, energisch schwingt er die Füße auf den Boden. Das Jammern bringt nichts. Monate habe ich damit verschwendet. Ich muss mir dringend Klarheit verschaffen, werde Megan zur Rede stellen. Nun, es ist nicht das erste Mal, dass er sich aufrafft, in einem plötzlich Anfall von Entscheidungswahn, die Klärung sucht und sicher, wenn Megan in diesem Moment anwesend wäre, könnte es vielleicht sogar klappen. Aber im wirklichen Leben liegen Stunden, wenn nicht sogar Tage zwischen Entscheidung und Handeln, die Entschlusskraft schwindet und schließlich bescheidet er sich doch wieder mit dem Fünkchen Hoffnung, der Ungewissheit.

„He, Weber, da will dich jemand sprechen“, Fliedners Rotschopf leuchtet im Türrahmen. „Ich kümmere mich um unseren neuen Gast.“ Schon ist er wieder verschwunden.
Weber steht auf, streckt sich, schlurft zur Tür.
Kaltes Neonlicht verstärkt die Nüchternheit, die sterile Kühle des langen Flurs, der grau blau gekachelte Linoleumboden schimmert matt. Hinter der Milchglastür ist eine dunkle Silhouette zu erkennen.

7

Vielleicht fühlt man sich so, wenn man auf Wolken schwebt, so im siebenten Himmel. Neumann lacht, ein hallendes, glockenreines Lachen. Es ist hell, milde, körperlose Helligkeit, ohne Schatten, ohne Konturen, weder kalt noch warm. Er versucht sich umzusehen, einen Anhaltspunkt zu finden, einen Horizont an dem sich sein Blick festsaugen kann. Aber da ist nichts, nur dieses unendliche weiche, weiße Nichts. Vielleicht bin ich ja tot, schießt es ihm durch den Kopf und dies ist der Ort, an dem sich die Richtung weist, denn ewig kann ich hier ja nicht bleiben.
Im normalen Leben ist er eigentlich kein gläubiger Mensch. Er hat einfach keine Zeit für solchen metaphysischen Kram, aber hier in dieser ungewissen Situation könnte ein wenig Glauben schon von Vorteil sein.
Tot, tot, tot, hämmert es in seinem Kopf. Unbehaglich fühlt er sich ja nicht, eher fühlt er sich gar nicht, spürt weder Schmerz, noch Wohlbehagen, kein Nerv scheint sich zu regen. Und riechen tut's hier auch nicht. Aber könnte ich denn denken, wenn ich tot bin, mich als mich selbst erkennen, mich langweilen?
Plötzlich meint er sich zu drehen, erst langsam, dann schneller, ein Strudel tut sich auf, zieht ihn hinein. Er wird lang, immer länger, wie in einem dieser Zerrspiegel auf dem Jahrmarkt, dehnt sich, löst sich auf in kreisender Bewegung.

8

Weber tritt durch die Tür, erkennt seine Frau.
„Megan, du hier?“
„Reiner, ich muss mit dir reden.“
Er zuckt zusammen. Sie ist so ernst, denkt er, jetzt hat sie bestimmt ihren ganzen Mut zusammengenommen, um mir zu sagen, das es aus ist, Schluss und vorbei, spürt, wie ihm das Blut ins Gesicht schießt.
„Ich weiß nicht, wie ich anfangen soll, können wir uns setzen?“
Weber nickt wortlos, zeigt mit der Hand auf hässsliche gelbe Plastikstühle.
„Du hast doch einen Moment Zeit?“
„Ja, ja, erzähl schon“, drängt er.
„Es fällt mir jetzt noch schwer, darüber zu reden, ... die ganze Geschichte hat mich sehr deprimiert. Ich hatte eine regelrechte Blockade, musste mich zurückziehen.“ Sie macht eine Pause, atmet tief durch, versucht sich zu beruhigen. „Es hat eine Ewigkeit gedauert, bis ich mit meiner Mutter darüber sprechen konnte und sie war es auch, die mich gedrängt hat, mit dir zu reden. Aber, wenn ich dir jetzt die Wahrheit erzähle, musst du versprechen, das du dich nicht zu sehr aufregst, dass du ganz ruhig bleibst.“

Ihm ist sonnenklar, was jetzt kommt, eine lange Beichte, dass sie nichts dafür kann, dass sie sich gewehrt hat, die Liebe letztlich stärker ist und sie nicht länger vor ihren Gefühlen davon laufen kann. „Machs doch nicht so spannend, sags doch endlich ..." Weber stützt seinen Kopf in die Hände, ist förmlich in sich zusammengesunken.

„Du weißt ja, dass ich immer Schwierigkeiten mit dem Unterleib habe und es nicht wirklich sicher ist, ob ich nach den zwei Fehlgeburten noch Kinder bekommen kann. Na ja, und als ich dann vor etwa fünf Monaten bemerkte, dass meine Regel ausbleibt, habe ich mich erst riesig gefreut, aber dann kam die Angst, noch einmal ein Kind zu verlieren. Noch einmal die gemeinsame Vorfreude, das Pläne schmieden, das Einrichten eines Kinderzimmers, das fiebrige Rätseln, ob es ein Junge oder ein Mädchen ist, sehnsüchtiges Warten auf das erste Ultraschall-Polaroid. Dann hab ich an unsere Schmerzen gedacht, die Enttäuschung, die Trauer, ich hätte es nicht ertragen, dich noch einmal so leiden zu sehen. Aber jetzt ist alles klar, alles ist in Ordnung. Der Arzt sagt, jetzt kann eigentlich nichts mehr schief gehen."
Weber fängt an zu weinen, nicht schnell und heftig, langsam, ganz allmählich kommen die Tränen, fließen seine Wangen hinunter, benetzen seine Haut, bis er sie salzig auf den Lippen schmeckt.

9

Das Karussell verringert sein Tempo, beginnt zu schleifen, dreht sich unregelmäßiger kommt endlich zum Stehen.
Neumann blinzelt. Grelles Neonlicht trifft schmerzend seine Netzhaut, er schließt die Augen.

„Da sind sie ja wieder, Herr ..." kurze Pause. Fliedner sieht auf dem Krankenblatt am Fußende nach. „.... Herr Neumann, wir dachten schon, sie wollen uns für immer verlassen ..."

Neumann hört schlurfende Schritte. Er versucht die Augen zu öffnen, blinzelt durch wirbelnde Schleier und erkennt eine rosa Masse, die sich allmählich zu einem Gesicht mit wirren roten Haaren formt. Wie der Typ von Monty Python denkt er und versucht ein zaghaftes Grinsen.
„Sie lachen ja schon wieder." Fliedner setzt sich auf den Stuhl neben dem Krankenbett. „Sie haben auch allen Grund zum Lachen und das Ding hier", Fliedner hält Neumann den Karton mit der Schnellzuglokomotive Baureihe 03 vor die Augen. „Kaum zu glauben, aber es ist so, diese kleine Spielzeuglok hat ihnen das Leben gerettet. Vielleicht erinnern sie sich ja noch, wenn nicht, ist es auch nicht weiter schlimm, das kommt in ein paar Tagen wieder. Also, sie haben an diesem Glühweinstand ihre Plastiktüte mit der Spielzeuglok vergessen."
Er blickt Neumann an, als wolle er fragen, dämmert 's, gibt's da einen Riss im Vergessen? Dann fährt er fort. „Na, ja, der Kellner bemerkt das und geht ihnen hinterher, damit ihr Weihnachtsfest nicht versaut wird, wenn sie nach Hause kommen und feststellen, dass ihr Sammlerstück weg ist. Ich nehme an, dass ist ein Sammlerstück, was will ein Mann wie sie denn sonst mit so 'ner alten Eisenbahn. Na, ist ja auch egal. Wo bin ich stehen geblieben?" Er runzelt die Stirn. „Also der Kellner verliert sie in dem Schneegestöber aus

den Augen, ruft nach ihnen. Aber sie antworten nicht. Der denkt sich, dass sie bestimmt auf dem Weg zum Parkplatz sind, durch die Unterführung, sagt er jedenfalls. Und dann findet er sie, leblos. Unglaublich, aber in den paar Minuten waren sie schon halb zugeschneit. Wahrscheinlich sind sie etwas abseits des Weges in ein Erdloch getreten, haben sich dabei die Knöchelfraktur zugezogen und sind dann ohnmächtig zusammengebrochen. Ne halbe Stunde später und man hätte sie für einen verschneiten Erdhügel gehalten. Mann, haben sie ein Glück. Der Knöchel muss erst noch operiert werden, aber ich kann ihnen nicht sagen, wann die das machen." Fliedner macht Anstalten sich zu erheben.

Neumanns Ohren rauschen, er ist verwirrt, muss das Gehörte erst verarbeiten.
„Ich werde Ihnen die Lok auspacken und auf den Nachttisch stellen und das Kopfteil mach ich auch etwas steiler, dann haben sie 'nen besseren Blick auf das Prachtstück." Fliedner löst einen Hebel am Bettgestell, das Kopfteil schwingt ein wenig höher. „Ich glaube, jetzt ist es gut so." Der Hebel rastet klackend in die Verriegelung
„Ach ja, ihre Frau kommt sie besuchen, wenn die Straßen wieder frei sind." Fliedner nickt Neumann aufmunternd zu, als er das Zimmer verlässt. Dessen mühsam herausgequältes „Danke, sehr nett von ihnen" hört er nicht mehr.

Später liegt Neumann noch lange wach, bemüht sich vergeblich die Ereignisse des Abends ins

Gedächtnis zu rufen, sein Blick wandert immer wieder zu diesem ganz speziellen Model der Schnellzuglokomotive Baureihe 03, als könnte sie ihm helfen, die Erinnerung zurück zu gewinnen. Erschöpft fällt er in einen tiefen, ruhigen Schlaf, träumt von seiner Frau und den drei Töchtern.

Eingefahren

Alexandria Bock

Zur Erinnerung an meinen Vater, dem es tatsächlich so widerfuhr

Erschrocken fährt er hoch. Benommen sieht er sich in seinem Schlafzimmer um, so, als träume er noch. Langsam kommt die Erinnerung. Der Wecker! Er hat nicht geklingelt und er muss heute besonders pünktlich sein. Sein Vorarbeiter hatte ihn freundlich, aber bestimmt ermahnt, nicht mehr zu spät zu kommen. Schließlich musste eine ganze Mannschaft auf ihn warten. Diese Woche hatte er schon das dritte Mal verschlafen. Seit 12 Jahren fuhr er nun in der Grube ein und nie hatte er sich verspätet und noch nie war er krank.
Was ist nur los? Er sieht auf seine Armbanduhr: Freitag, der 13. Das kann ja heiter werden. Flugs schlüpft er in seine Hose und seinen Pullover. Während er sich einen Kaffee kocht, putzt er sich die Zähne. Die letzte Zeit schläft er schlecht. Alpträume quälen ihn, doch wenn er erwacht, kann er sich nicht mehr an seinen Traum erinnern.

Seine Kinder schlafen noch. Wenn er seine Familie nicht hätte, wäre er schon längst nicht mehr im Bergbau und würde da unten Kohlen schaufeln. Doch sie brauchen das Geld und Aussichten auf einen anderen Job hat er auch nicht.

Im Stehen schlürft er seinen Kaffee. Seine Frau beeindruckt ihn immer wieder. Vorausschauend hat sie sein Frühstück bereits vorbereitet und ihm im Vorübergehen eine Tüte, in der sich sein Henkelmann aus Blech und Besteck befand - typisches Utensil der Bergleute - zugesteckt. Schnell nimmt er die Thermoskane mit dem heißen Kaffee. Er küsst seine Frau flüchtig auf den Mund und hastet mit einem Arm in der Jacke, durch die Wohnungstür, den langen Gehweg hinunter bis zur Gartentür. Er öffnet sie nicht, sondern setzt mit einem gekonnten Sprung darüber hinweg. Der Bus ist schon von weitem zu sehen.Der Fahrer erkennt den Mann, der angerannt kommt. Jeden Tag fahren sie nun diese Tour und das seit 12 Jahren.

Er steigt in die Bremsen und öffnet die Tür, die ein lautes Zischen vernehmen lässt.
Mit einer Handbewegung, die dem keuchenden Fahrgast deutet, dass er einsteigen soll.
Doch plötzlich bleibt dieser stehen. Ihm ist schwindelig und er wird kreidebleich im Gesicht.
„Fritz! Was ist los? Geht es dir nicht gut?“, fragt der Fahrer und beugt sich vor.
Fritz sieht durch ihn hindurch und es scheint ihm, als greife eine bleiche Knochenhand nach ihm, die ihn einlädt, einzusteigen. Das Gesicht des Fahrers sieht urplötzlich wie ein Totenschädel aus, der ihn breit angrinst.

Die Welt um ihn herum verschwindet und er nimmt nur diese Geisterhand wahr.
„Ich glaube, mein Kreislauf spinnt“, antwortet Fritz. „Fahr du mal los, ich denke, ich bleibe heute zu Hause und gehe zum Arzt.“

Mit diesen Worten verabschiedet er sich und dreht dem Busfahrer den Rücken zu. Der Busfahrer gibt Gas, um die anderen Fahrgäste noch pünktlich zur Grube zu bringen. Zischend schließen sich die Türen, aber das nimmt Fritz nicht mehr wahr. Der Bus verschwindet in der Morgendämmerung und Fritz geht, gesenkten Kopfes, nach Hause. Besorgt öffnet ihm seine Frau die Tür.

***

Das Einzige, was der Doktor ferststellen kann, ist der niedrige Blutdruck. „Damit kannst du hundert Jahre alt werden."

Wieder zu Hause angekommen, grübelt Fritz darüber nach, was er dem Vorarbeiter sagen soll. Unschlüssig starrt er auf den Boden. Plötzlich reißt ihn das Telefon aus seiner Lethargie und sein Herz beginnt zu rasen.

„Hallo Fritz?", hört er die Stimme seines Vorarbeiters. Doch bevor dieser weiterreden kann, wirft Fritz ein, dass er verschlafen habe und dass es ihm nicht so gut ginge.
„Das ist jetzt egal, ich will dir etwas anderes sagen", entgegnet der Mann am anderen Ende mit zitternder Stimme.
„Sei froh, dass du heute nicht hier warst. Deine Kumpel sind auf ewig eingefahren."

Fritz vernimmt einen tiefen Atemzug seines Vorarbeiters und er spürt seine Trauer und

Betroffenheit. „Der Stollen ist eingebrochen und alle, die dort unten waren, sind erstickt.“

Stille herrscht auf beiden Seiten.

„Mein Gott”, hört Fritz sich sagen und dann legt er wie umnebelt den Hörer sanft auf die Gabel, so als wolle er die Kumpels nicht wecken.

Weil es nichts umsonst gibt

Elly Lindt

Ein Grabstein aus grauem Granit, davor niedrig gewachsene Rosen, ein Buchsbäumchen und Lavendel.
Valentin´s Schritte knirschen leise auf dem Kies. Er trägt Sportschuhe mit weichen Sohlen, die sind leise und leicht abwaschbar. Heute ist wieder Freitag und er braucht Ware für sein Geschäft. „Wieso haben die Menschen nur so viel Angst vor Freitag, dem Dreizehnten?", fragt er sich. „Es ist ein wunderschöner Tag! Der Tag hätte nicht besser laufen können." Er hebt die Nase und schnuppert: „Wieso müssen Gräber duften? Nicht nur Lavendelgeruch, wie in einem marokkanischen Basar, jetzt auch noch Zitronenthymian. Kann nur ein esoterischer Verwandter drauf gekommen sein und alle anderen Zurückgebliebenen machen es nach", brummelt Valentin vor sich hin.

Es ist stockfinster, aber er kennt die Wege und bleibt, wenn möglich, unter den Bäumen.
Der Blumenduft ist ein Orientierungspunkt, auf den er gut verzichten könnte.
Heute geht es an dem großen Kruzifix rechts ab. Valentin erwartet eine große Ausbeute.
Sebastian Fink, ein bekannter Dirigent, wurde heute beerdigt. Reicher Pinsel, 59 Jahre alt, Lungenkrebs. Jeder hat so seine Sucht!
Valentin trinkt lieber. Gut fürs Geschäft. Wer kauft schon Blumen, die nach Nikotin stinken....wäre nur eine Sorte für Kiffer.

Der Boden unter ihm wird lockerer. Er ist am Grab.
„Hi Sebastian, nix für ungut. Du musst dich von Deinen schönsten Sträußen und Kränzen trennen. Hast doch genug bekommen gestern. So hast du noch deine letzte gute Tat getan auf dieser Welt."

Valentin hatte nach der Beerdigung das Grab besucht und geschaut, was da ist und wo alles liegt. In der Dunkelheit muss er wissen, was er mitnehmen will, damit er die Schubkarre richtig platziert, um sie zügig zu beladen.
Valentin packt Kränze mit Christrosen, Pfirsichzweige, Tulpen und Nelken mit Heidekraut ein.

Rechts und links von Sebastian Fink wurden noch weitere Gräber ausgehoben. Wenn es sich lohnt, wird er in den nächsten Tagen wieder mit seiner Schubkarre hier vorbeikommen. Die steht immer am Kompostcontainer. Noch einfacher könnte es gar nicht mehr sein. Der Boden ist sehr locker und glitschig, da ist Vorsicht geboten. Vor drei Wochen hat er sich an einem Gesteckständer bei Wilma Strunz das Knie blutig geschlagen, als er auf dem feuchten Boden ausrutschte. Hatte sich aber mal wieder gelohnt. Die Blumen waren am selben Abend noch verkauft. Jaaa, auf diese Idee muss erst mal einer kommen. Doppelverwertung oder Recycling.....!
Menschen mit Blumen glücklich machen, die die früheren Beschenkten eh nicht mehr sehen können.

Er, Valentin Smag, 43 Jahre alt, Elektriker mit Arbeitslosenhilfe seit 8 Jahren und Schwarzarbeiter auf dem Bau seit 7 Jahren und 10 Monaten, brauchte ein kleines Zubrot.
Die Blumen für das Grab seines Vaters und die Blumen für die Geburtstage seiner Mutter kamen seit Jahren vom Friedhof am Zoo. Unter dem Kirschbaum der alt eingesessenen Konditorsfamilie standen immer frische Blumen.
Keine Videokameras, keine Wächter, perfekt! Was konnten ihm die beklauten Toten schon anhaben?

Da kam ihm die Idee mit dem Blumenhandel. Was hatten ihn die Rosenverkäufer genervt, wenn er mit einer Perle in die Altstadt kam. Manchmal kam er nicht drum herum, der Frau eine Blume zu kaufen, wenn er Erfolg haben wollte.

Später übernahm er die Verkäufersprüche und verkaufte die umgebundenen Sträuße des Diebesgutes in der Altstadt. Das ging schnell und einfach. So finanziert er seinen Mercedes und andere Annehmlichkeiten seines Lebens.
Er tastet sich um das Grab. Da muss noch ein riesiger Kranz mit roten Bakararosen liegen.
Der Geruch des Humusbodens macht ihn schwindelig. Wo ist denn dieser Kranz? Er muss sich so weit über das Grab strecken, dass ihm der Rücken weh tut.

Plötzlich verfäbgt sich sein Fuß in einer Schlinge. Efeu vermutlich, ein fürchterliches Unkraut.

Jetzt geht alles sehr schnell! Bei dem Versuch, den Fuß aus dem Efeu zu ziehen, verliert Valentin das Gleichgewicht und stürzt wild um sich greifend in eins der frisch ausgehobenen Gräber.
Sein Schädel schlägt auf das abgebrochene Teil eines alten Grabsteines, dessen Besitzer sein Grab jetzt an einen neuen Kunden abtreten muss. Ein simples Knacken ist zu hören.
Im Fall, und kurz bevor Valentin´s Genick bricht, kommt ihm der Gedanke „Warum?"
Die Antwort gibt vermutlich der Bestohlene Sebastian Fink „Weil es nichts umsonst gibt!"

Valentin´s Sturz und der nächtliche Regen setzen einen Teil der seitlich aufgehäuften Erde in Bewegung und legen sich über den toten Körper.

Die erste Beerdigung am nächsten Morgen findet unter einem fürchterlichen Wolkenbruch statt. Nur wenige Besucher kommen mit zum Grab und niemand registriert, dass das Grab nicht mehr so tief ist, wie am Tag zuvor.

Schnell wird der Sarg herunter gelassen und die Trauernden eilen ins Trockene, zum Leichenschmaus. Die Friedhofsgräber schaufeln das Grab zu. Das war's !

Valentin wird von seiner Mutter als vermisst gemeldet.

Vermutet wird, das er betrunken im Rhein gebadet habe, damit strunzte er immer rum, und dass er dabei ertrunken ist. Sein Leichnam wird nie gefunden.

Vermisst wird Valentin nur von einigen Blumenfreunden in der Altstadt.

Im Stadtblatt wurde freudig berichtet, dass auf dem Friedhof am Zoo seit geraumer Zeit keine Blumen mehr entwendet werden und dass ein bekanntes Konditorunternehmen der Stadt, zur Verschönerung des Friedhofes, die Kosten der kompletten Randsteinbeflanzung mit Thymian, Lavendel und Rosmarin übernehmen wird!

Vorbereitung ist alles

Kerstin Surra

Ich war seit Wochen auf diesen Tag vorbereitet. Alle wichtigen Termine hatte ich auf die kommende Woche verschoben. Wichtige Entscheidungen standen nicht an. Alle Glücksbringer sorgfältig aus der Kiste genommen und aus dem Papier gewickelt. Genug Vorräte lagen im Kühlschrank und falls der Strom ausfallen sollte, würden mich Dosen über die nächsten Monate bei Kräften halten. Kerzen lagen sorgfältig aufgereiht an ihrem Platz, daneben Streichhölzer, Feuerzeuge und Anzünder. Man konnte doch nicht wissen, was passierte.

Auf jeden Fall nichts Gutes. Denn morgen war Freitag, der Dreizehnte.
Ich fürchtete diesen Tag, denn bisher hatte er stets gehalten, was man sich von ihm versprach.
Unglück, Mißgeschick, Verderben!
Doch diesmal war ich vorbereitet. Ich ging noch einmal meine Liste durch und überprüfte die aufgelisteten Punkte, wie ein Pilot die Funktionen seines Flugzeuges vor dem Start.
Ich schüttelte den Kopf. Das klang alles zu perfekt. Irgendetwas musste ich doch vergessen haben, oder sollte es mir wirklich einmal gelungen sein, das Schicksal zu überlisten?
Ich nahm noch einmal den Anzünder, um ihn zu überprüfen. Denn es hatte schon Freitage, den Drezehnten gegeben, an dem einfach alle Geräte ihren Geist aufgegeben hatten, ohne ersichtlichen Grund.

Also drückte ich den Knopf des Anzünders hinunter und drückte noch einmal. Das konnte doch nicht wahr sein. Heute war doch erst der Zwölfte und auch noch ein Donnerstag. Ich versuchte es wieder, da gab es plötzlich eine Stichflamme, die mir den halben Bart versenkte. Meine Liste verbrannte und zu allem Überfluss verbrannte ich mir auch noch die Finger. Ich warf Papier und Anzünder in weitem Bogen von mir. Das hätte ich nicht tun sollen. Denn obwohl der Feuerlöscher griffbereit neben den Streichhölzern lag, fing der Stapel Zeitungen, die ich zu meiner Unterhaltung aufgetürmt hatte, falls ich aus irgendeinem Grund von der Umwelt abgeschnitten sein würde, sofort Feuer. Ich griff natürlich trotzdem danach und fasste versehentlich in die aufgereihten Messer, die ich zu meiner Verteidigung dort liegen hatte. An einem Freitag, den Dreizehnten, musste man mit allem rechnen. Außerirdische Invasionen, Kriege, Naturkatastrophen.

Ich schnappte mir das bereitliegende Verbandszeug, umwickelte nachlässig meine blutende Hand, griff nach dem Feuerlöscher und versuchte im Vorwärtslaufen, den richtigen Handgriff anzuwenden. Leider stolperte ich über die Taschenlampe, die ich unachtsam am Boden liegen gelassen hatte. Schließlich war heute erst Donnerstag, der Zwölfte. Kein Tag, an dem Anlass zur Sorge bestand. Jedenfalls nicht über das übliche Maß hinaus, welches bei mir schon beträchtlich genug war.

Ich stolperte also über die Lampe, der Feuerlöscher entglitt meiner Hand und explodierte unglaublicherweise, als er auf den Betonboden knallte. Der ganze Löschschaum ergoß sich über mich, das Feuer und die sorgsam aufbewahrten Lebensmittel. Frisches Obst und Gemüse konnte ich also vergessen.

Wie gut, dass ich Vitamintabletten besorgt hatte, schoss es mir durch den Kopf. Doch dann dachte ich nur noch daran, wie ich es vermeiden konnte, zu ersticken. Denn der Löschschaum quoll immer noch ohne Unterlass aus dem Feuerlöscher. Das Feuer war zum Glück inzwischen erstickt. Aber wenn es so weiterging, würde ich ihm bald folgen. Ich kämpfte mich zur Tür vor, jedenfalls vermutete ich, dass ich in die richtige Richtung stolperte. Um sicher zu gehen, hätte ich jetzt meinen Kompass gebraucht, der neben den Messern gelegen hatte. Ich traute mich nicht, noch einmal auf den Tisch zu greifen. Denn aus Schaden soll man ja klug werden. Falls ich diesen schrecklichen Tag überleben würde, hätte ich wirklich eine ganze Menge gelernt, wenn ich im Moment auch noch nicht genau wusste, welche Lehre ich daraus ziehen würde. Ich kämpfte mich also blindlings und immer noch tapfer auf das Schicksal vertrauend, welches mich heute, an einem normalen Donnerstag, so übel ran genommen hatte, vorwärts. Endlich ertastete ich die Tür. Im ersten Moment fiel mir ein Stein von der Brust, doch ehe er zur Erde plumpste, auch brühend heiß ein, dass ich in meiner großen Vorsicht, die Tür von innen zugenagelt hatte. Niemand sollte meinen sicheren

Keller erstürmen können. Keine Plünderer, keine Verrückten, nicht einmal ein entlaufener Tiger. Doch was ich so kühn ersonnen hatte, um mich zu schützen, stellte sich nun als tödliche Falle heraus. Der Schaum saß mir bereits im Nacken. Noch hatte ich meinen Verstand beisammen und die Liste aller Dinge im Kopf, die in diesem sicheren Gelass an ihrem Platz lagen oder hingen. Die Axt! Ich brauchte die Axt. Die hing neben der Tür. Natürlich. Wie umsichtig. Ich tastete äußerst vorsichtig danach. Ich dachte dabei an die Messer. Der Schaum kroch langsam an meinem Hals empor. Meine flatternden Nüstern konnten schon den Tod riechen, da ertastete ich die Axt. Doch nicht kalter Stahl empfing mich. Nein, weiches Fließ. Ich hatte aus Angst, ich könnte mich an der scharfen Schneide verletzen, das Beil mit Stoff umwickelt. Wütend dachte ich an die Messer und fragte mich, wieso ich mir so dumm vorkam. Ich versuchte den Stoff von der Axt zu reißen, doch ich hatte ganze Arbeit geleistet. Ich hätte schreien können vor Wut und Verzweiflung.

Statt dessen machte ich einen kleinen Satz, um nach der Schere zu greifen, die sicher neben dem Hufeisen hing. Leider rutschte ich über den Löschschaum, der den Betonboden in eine Rutschbahn verwandelt hatte und flog im hohen Bogen durch die Luft. Dabei riss ich mit der immer noch eingewickelten Axt die Glücksbringer von der Wand. Sie fielen krachend auf meinen Kopf, ich wankte benommen gegen den Tisch, der kippte und die Messer, Streichhölzer und Dosen flogen nun ihrerseits durch die Luft. Nicht, dass ich noch viel davon bemerkte hätte, denn ich rang nur noch um Sauerstoff. Atmete statt dessen den Schaum ein und glaubte, mein letztes Stündlein hätte geschlagen, als die Tür plötzlich mit einem lauten Poltern aus den Angeln sprang. Eine schwarze Katze lief geschmeidig durch sie hindurch und landete polternd auf meiner Brust. Es war mein eigener Kater, den ich wohlweislich zu meinem Nachbarn in Pension gegeben hatte, bis der unseelige Freitag vorüber wäre. Doch nun saß er fauchend auf mir, kitzelte mich mit seinen Barthaaren, während sich der Löschschaum einen Weg aus meinen Lungen, durch die Tür nach draußen bahnte. Durch das Chaos stapfte mein Nachbar, der mit offenem Mund auf das Durcheinander blickte, um, zu guter letzt, seinen Blick auf mich zu senken. In der Hand eine Axt, nicht umwickelt.

Ich rappelte mich immer noch hustend und spuckend auf und kraulte unablässig meinen Kater dabei, der unzufrieden schnurrte, weil er immer beleidigt war, wie es nur eine Katze sein kann, wegen der Abschiebung.

Als ich wieder zu Atem gekommen war und mein Nachbar endlich den Mund zumachte, erklärte er mir, wieso er so unsanft in meinen Keller eingedrungen sei.

Zuerst einmal hatten wir dem Kater meine glückliche Rettung zu verdanken. Er war ausgebüchst, um zu mir zurück zu kehren. Der Nachbar hatte die Flucht bemerkt und war hinterher gestürzt. Bei der wilden Verfolgungsjagd, war eine Leiter umgestürzt, unter der mein Nachbar gerade durch

gerannt war.
Also, eine schwarze Katze und eine Leiter, was konnte noch mehr Unglück bringen?
Aber nein, erwiderte mein Nachbar. Nur so, hätte er erst bemerkt, dass ich Hilfe benötige. Die Leiter war auf mein Grundstück gefallen, hatte ein Fenster im Keller eingeschlagen. In all dem Lärm war mir das gar nicht aufgefallen. Als Schaum daraus hervor quoll, war mein Nachbar, der Gute, sofort alarmiert.
Er hatte versucht, mich zu rufen, doch er hatte nur Gepolter und unartikulierte Laute vernommen. Also hatte er sich eine Axt gegriffen, da er ja wusste, ich würde mich verbarrikadieren. Die Türe fiel und ich war gerettet. Als die Türe mit einem lauten Knall aus dem Schloss fiel, schlug auch die große Wanduhr 12. Freitag, der 13. war angebrochen.
Ich konnte es kaum glauben. So hatten mir all die Glücksbringer nur Unglück gebracht und die Sachen, vor denen ich mich am meisten gefürchtet hatte, mir das Leben gerettet.
Ich schüttelte immer noch den Kopf über meine eigene Dummheit. Wie konnte man nur so abergläubisch sein?
Jetzt wusste ich es besser. Nicht Freitag, der Dreizehnte war mein Unglückstag. Nein. Donnerstag, der Zwölfte. Nächstes Jahr würde ich es anders machen. Besser, sicherer und einen Tag früher.

Zur Sicherheit aber würde ich meinen Nachbarn bitten, seine Axt bereit zu halten. Die Axt im Haus, erspart manchmal auch den Sensemann.

Welch ein Tag

Hannelinde Hans

„Hoppla“, Erna stolpert und kann sich gerade noch an Ottos Jacke festhalten.
„Na, das fängt ja heute Morgen gut an“, meint sie und schaut nach dem Grund ihres Beinahe-Sturzes.
Eine Baumwurzel hat sich ein wenig nach oben gewagt, nicht viel, doch genug, um Erna stolpern zu lassen.

„Was willst du denn heute Morgen in der Stadt erledigen?“, will Otto wissen.
„Zuerst muss ich zum Zahnarzt, hab' um zehn Uhr einen Termin. Dann besuche ich noch Ursel, sie hat heute Geburtstag und da will ich nicht versäumen zu gratulieren.“
„Na, dann hast du ja ein volles Programm, wir sehen uns heute Abend zu Hause wieder und viel Spaß, auch wenn heute Freitag, der Dreizente, ist.“
Otto drückt ihr einen Kuss auf die Wange und geht nach links zur Bushaltestelle, um zu seiner Firma zu kommen. Erna strebt zügig zum rechts liegenden Parkplatz, um ihr Auto zu holen und beginnt in ihrer Handtasche nach dem Schlüsselbund zu suchen.
„Endlich“, stöhnt sie. „Dass man aber immer so viel in der Tasche hat und dann nichts mehr findet.“ Zufrieden, weil sie erfolgreich war, will sie nun den Reißverschluss zuziehen. Dabei fällt ihr der Schlüsselbund aus der Hand und genau in den Gully.

„O Schreck, lass nach", jammert sie. „Was mach ich jetzt?!"

Derweil ist Otto in seiner Firma angekommen und auf dem Weg zu seinem Büro.
„Ah, schön, Herr Nahles, dass ich Sie sehe", spricht der Chef der Firma ihn an, der auch gerade das Haus betritt, „können Sie in einer halben Stunde zu mir ins Büro kommen?"

Otto ist sehr verunsichert und weiß nicht, was auf ihn zukommt. Bisher war der Chef recht unpersönlich zu ihm. Mit Namen hat er ihn sowieso noch nie angesprochen. Ihm fällt das Herz in die Hose und er befürchtet das Schlimmste. Heute ist Freitag, der Dreizehnte, denkt Otto, und vielleicht werde ich entlassen, denn davon redet heute ja jeder Zweite. Gebückt geht er zu seinem Schreibtisch und beginnt die Post zu ordnen, die sich über die Tage seines Urlaubs angesammelt hat. Was wird dieser Tag ihm bringen? Er setzt sich auf den Drehstuhl und liest.

Sein Eindruck nach der Durchsicht der Post ist nicht schlecht, die Firma steht auf dem internationalen Markt bestens da, doch nun muss er zum Chef.

Er schleicht sich den Flur entlang und tritt zögernd ins Vorzimmer, wo die Sekretärin ihn auch schon freudig begrüßt:
„Guten Morgen, Herr Nahles, hatten Sie einen schönen Urlaub?"
Otto traut seinen Ohren nicht. Hat diese hochnäsige

Dame ihn je mit Namen angesprochen? Und dazu auch noch so freundlich?
„Danke der Nachfrage“, antwortet er.
„Der Chef erwartet Sie“, sagt sie und hält ihm die Türe zum Chefzimmer auf.
„Schön, dass sie da sind, Herr Nahles“, kommt ihm der Chef mit ausgestreckter Hand entgegen.
„Bitte, nehmen Sie Platz“, weist er Otto einen Stuhl an und setzt sich auch hin.
„Entschuldigen Sie, Herr Nahles, wenn ich gleich mit der Tür ins Haus falle, doch wie Sie sicher schon wissen, hört Herr Müller zum Monatsende auf. Er hat die Altersgrenze erreicht und ich habe mir nun Gedanken gemacht, wer seinen Platz in unserer Firma einnehmen könnte. Dabei sind Sie mir eingefallen, denn immer waren Sie zuverlässig und ideenreich. Deshalb möchte ich Sie fragen: Wollen Sie die Leitung der Entwicklungsabteilung übernehmen?“
Otto bleibt fast der Mund offen. Damit hat er nicht gerechnet und das auch noch am Freitag, den Dreizehnten.
„Vielen Danke, Chef“, stottert er, „ich möchte das sehr gerne machen, aber darf ich noch vorher mit meiner Frau sprechen?“
„Aber selbstverständlich, Herr Nahles, Sie haben Zeit bis nächste Woche“.
Damit reicht er Otto die Hand und entlässt ihn.

Es ist Abend, Otto kommt nach Hause und nimmt an, Erna sei noch nicht da, denn so ein Geburtstag will gefeiert sein und das dauert. Doch zu seiner großen Überraschung sitzt Erna auf dem Sofa und

hat ganz verweinte Augen.
„Nanu, du bist schon zurück?“ fragt er und schaut seine Frau ganz neugierig an.
„Ich war gar nicht weg“, jammert sie und erzählt ihm die Story vom verlorenen Schlüsselbund.
„Wäre ich doch heute morgen im Bett geblieben, vielleicht ging es mir jetzt besser.“
„Komm, mein Schatz, ich erzähle dir etwas, das dich trösten kann und dir zeigt, Freitag, der Dreizehnte, kann auch ein Glückstag sein. Möchtest du zustimmen, wenn ich dich frage, ob ich ab nächsten Monat die Leitung der Entwicklungsabteilung übernehme?“
„Mach keine Scherze, ich bin dazu nicht in Stimmung“, klagt Erna.
Otto lacht, nimmt seine Frau in den Arm und beruhigt sie.
„Es ist genauso, wie ich es sage. Wenn du „Ja“ sagst, bin ich auch gestolpert, und zwar eine Stufe hinauf und das am Freitag, den Dreizehnten!“

Viola und Freitag, der Dreizehnte

oder wie werde ich als Heiliger erfolgreich

Raoul Yannik

Es war an einem dieser Freitage, an denen einen ohne erkennbaren Grund ein spirituelles Gefühl befällt. Das kommt manchmal vor, wenn man spürt, dass die Karawane des Lebens weiter zieht. Ich war deprimiert, mein bester Kumpel hatte sich eine Corvette gekauft und ich war auf der Suche nach dem Sinn des Lebens. Es war der Kampf zwischen Überlegung, Wille und Tun. Sollte ich aufstehen, mich meiner mentalen Krise hingeben oder das dräuende Gefühl zulassen, dass das noch nicht alles im Leben gewesen sein kann. Gegen solche Gedanken gab es nur ein Mittel: Raus aus dem Alltagstrott und mein Bewusstsein erweitern. Nur ich allein besitze die Freiheit, Neues zu beginnen. Ich spürte das drängende Bedürfnis, mich, die Menschheit und die Welt zu verändern. Außerdem war mein Konto leer, ich fühlte mich einsam und ich hatte Langeweile.

Viola, meine beste Freundin, war wieder einmal nicht erreichbar. Da fiel mir ein, dass es vielleicht angebracht wäre, Gesellschaft zu suchen und ich dachte spontan an meinen Friseur, den Künstler der Schere, den Meister der Farbe und der seichtgeistigen Inspiration. Aber wie es mit Künstlern so ist, entweder sind sie schwul, überbeschäftigt, zicken rum, oder wollen sich bitten lassen. Mir sollte es nicht anders gehen, obwohl ich seit einigen Jahren den Status des treuen Stammkunden innehatte. Nach telefonisch-rhetorischen Überredungskunststücken meinerseits und dem Hinweis, dass bei Verweigerung der ernste Notfall des Wechsels zur Konkurrenz eintreten würde, war er ausnahmsweise bereit, mir einen kurzfristigen Termin zuzuweisen. Da saß ich also, an einem heißen Freitagvormittag, zwölf Minuten vor 11 Uhr, und ich spürte, dass ein schlechtes Karma durch die heiligen Hallen meines sensiblen Friseurs schwebte. Er war entgegen seinen sonstigen Gewohnheiten schweigsam, fast traurig. Seine Hände zitterten, er hatte bereits ein kleines Fläschchen Veuve Cliquot verputzt und ich fürchtete um meine Ohren und meine Attraktivität. Meine besorgte Frage, was denn los wäre, wurde mit einem unüberhörbaren Seufzer und einem schlürfenden Schlückchen Veuve beantwortet. Dann platzte es fast schluchzend aus ihm heraus: „Es ist Freitag, der Dreizehnte. Die Welt geht heute unter."

Ich war sprachlos, aber nicht überrascht. Die Welt muss ja untergehen, wenn Frauen an der Regierung sind und eine Steuererhöhung nach der anderen das mühsam Ersparte bis weit ins Negative dezimiert. Ich wollte schon tief ergriffen mitleiden und in den Trauerchoral der gepeinigten Steuerzahler einstimmen, als er fast hilfesuchend weitersprach: „Er hat es prophezeit. Heute um Punkt elf Uhr geht die Welt unter. Der Antichrist kommt und das Jüngste Gericht auch."

Ich war erschüttert. Nicht nur ein Schicksalsschlag, sondern derer gleich drei. Das war selbst mir etwas zu viel. Nach einem Moment des Überlegens fiel mir ein, dass ich nicht wusste, wer „Er" ist, und darum war mir unbekannt, von wem er sprach. Auch in meiner Tageszeitung hatte ich diesbezüglich nichts über den mysteriösen „Er" oder anstehende Weltuntergänge, garniert mit jüngerem Gericht, gelesen. Ein kurzer Blick auf die Uhr sagte mir, dass es inzwischen eine Minute vor elf Uhr war. Mein mahnender Hinweis: „Es ist eine Minute vor elf Uhr", veranlasste den Meister der Schere zum andächtigen Innehalten. Er hörte auf zu schnippeln und ich ließ mich zu der vorlauten Bemerkung hinreißen, dass es im Angesicht des Antichristen, des Weltuntergangs und des Jüngsten Gerichts vollkommen sinnlos sei, weiterhin seine überhöhten Preise zu bezahlen, denn die Welt würde ja doch untergehen und mit ihr der schnöde Mammon und alle Faulpelze, Finanzämter und Friseure. Sein ärgerlicher Gesichtsausdruck sagte mir, dass es Friseuren (und Friseurinnen) vor nichts graut, und der Spaß bei Weltuntergängen und Zahlungsverweigerern aufhört. Eisiges Schweigen war im Raum und der Zeiger rückte unerbittlich auf die letzte Sekunde, den Beginn der Stunde Null und des Jüngsten Gerichts, vor.
Das Entsetzen war bis in die Trockenhauben spürbar. Sogar der Fön verstummte in banger Erwartung des Unabwendbaren.

Als die endlos erscheinende Schweigeminute fast vorbei war und der digitale Zeiger mit kleinen, ruckartigen Bewegungen die letzten Sekunden verschlang, erkannte ich blitzartig, dass ich in meinem Leben zu viele Fehler gemacht hatte. Meine Hände krallten sich in die Armlehnen meines Stuhls. Meine Augen waren schreckgeweitet, und meine Stirn- und Achselnässe war unübersehbar. Zur Umkehr war es zu spät. Ich, ein großer Sünder und bekennender Atheist, saß halbbeschnitten und unfertig beim Friseur. Sollte ich armseliger Wurm mit schlechter Frisur so vor ihn, den Allmächtigen und zürnenden Weltenlenker, treten?
Ein inbrünstiges Sekundenstoßgebet Richtung Himmel und ein aufrichtiges Bereuen erschien mir angebracht. Vielleicht würde er mich, den Frevler, der immer nur den breiten und bequemen Weg gegangen war, doch noch vor dem Höllenfeuer retten. Kurz entschlossen, in den letzten Sekunden, die mir noch blieben, wollte ich aufstehen und in Erwartung der Flutwelle und der daraus resultierenden nassen Füße auf den Stuhl steigen, aber mein Coiffeur hatte Bedenken wegen seiner Schonbezüge. So blieb ich bang sitzen und die Minuten vergingen. Der Zeiger rückte unerbittlich weiter und wir schwiegen, still im Gebet versunken. Mir war inzwischen langweilig und durstig war ich auch. Mein Friseur öffnete das zweite Fläschchen der Witwe Cliquot und schenkte sich noch ein Gläschen ein, mich, den verdurstenden und auf gnädige Aufnahme im Himmelreich hoffenden Übeltäter vergessend. Denn als Ungläubiger, der an den Preisen rummäkelt, hatte ich ja nichts anderes

als den Tod durch Verdursten in der kommenden Flutwelle verdient. Aber nichts geschah.

Die Zeit verstrich und inzwischen war es einundzwanzig Minuten nach elf Uhr. Ich dachte, dass es an der Zeit wäre, zur Stärkung und Erbauung ein Cafe aufzusuchen. Der Maestro war inzwischen in einem Zustand von spiritueller Champagnermelancholie, als das Telefon klingelte. Er griff zum Telefon, hörte eine frohe Botschaft und kam freudestrahlend zurück.

„Wir sind gerettet. Er hat es noch einmal geschafft. Er hat mit dem Herrn gesprochen und sein direkter Kontakt und seine Fürbitte haben bewirkt, dass der Weltuntergang verschoben wird."

In drei Minuten war ich gegen meinen Willen dreimillimeterkurz zurechtgeschnitten. Mein wallendes Haupthaar lag auf dem Boden. Ich hatte die verdiente Haartracht eines geschorenen Sünders und musste zähneknirschend die überhöhte Rechnung bezahlen. Außerdem war ich etwas irritiert. Was war geschehen und warum ist nichts geschehen? Hatte „Er" versagt, so wie mein Deo? Erforderte die qualifizierte Planung des Jüngsten Gerichts mehr Zeit als angenommen? Waren organisatorische oder bürokratische Schwierigkeiten beim freitäglich geregelten Untergang der Welt aufgetreten? Oder war der Antichrist in den falschen Zug eingestiegen und saß nun in Kleinmachnow fest?

Das Rätsels Lösung ergab sich, als ich den Salon nicht verlassen wollte und um sofortige Aufklärung der seltsamen Vorkommnisse bat.

Mein sensibler Friseur war seit einigen Monaten Mitglied in der Gemeinschaft der Erleuchteten vom Heiligen Gral. Nach seiner mit großen Kinderaugen erzählten Geschichte, war er endlich auf dem direkten Weg zu Gott und im Zustand der spirituellen Erleuchtung. Sein geistiger Führer, der Prophet (orientalisch klingend, aber der Name ist mir entfallen), hatte verkündet, dass der Herr über einen Engel im Traum zu ihm gesprochen habe. Die Welt würde am Freitag, den Dreizehnten, Punkt elf Uhr untergehen und die Gläubigen sollten sich möglichst an einem etwas erhöhten Platz wegen der zu erwartenden Sintflut sammeln, und vorher ihren irdischen Gütern entsagen. Das leuchtete mir ein. Wenn ich die Steuererhöhungsorgie sehe, dann weiß ich, dass auch mir das Wasser bis zur Oberkante meiner Unterlippe steht.

Auf meinem Weg ins nächste Cafe war ich in mich gekehrt. Sollte dieses Erlebnis mein Leben verändern? Plötzlich, einer Eingebung folgend, erschien mir der Beruf des Heiligen, des Propheten, mit einer Standleitung zum Allmächtigen als erstrebenswertes Lebensziel. Still setzte ich mich an einen kleinen Bistrotisch, der im hellen Sonnenlicht einsam und verwaist am Straßenrand stand. Auch die blonde, gutgewachsene Bea, die ich seit Jahren heimlich verehrte, weil sie mir meinen mittäglichen Cappuccino immer mit einer routinierten

Handbewegung, angesiedelt zwischen Verachtung für nichtsnutzige Männer und weiblicher Grazie, servierte, konnte mich nicht aus meiner tiefen Ergriffenheit locken. Etwas musste geschehen. Ich starrte den Cappuccino mit seinem weißen Milchschaum und den sparsam darauf drapierten Schokostreuseln an. Ich sah, wie der Schaum verging und die Streusel sich auflösten. Vor mir war das Sinnbild des Vergänglichen und des weltlichen Seins. Der Schaum erinnerte mich an die Auflösung aller Materie in den Universen. Dann, in meinen mystischen Cappuccinobetrachtungen, hörte ich eine Stimme wie aus weiter Ferne, die zu mir sprach: „Kann ich gleich abkassieren?"

Es war wie eine Erleuchtung. Sie, die Göttliche, ein, nein nicht ein, der blonde Engel, hatte zu mir gesprochen und mir dem Unwürdigen, die Botschaft des Herrn verkündet. Ich war auserwählt. Ich sah demütig zu ihr auf. Meine Augen waren mit Tränen gefüllt und meine Stimme versagte. Im strahlenden Mittagslicht sah ich ihr blondgelocktes Haar und ich sprach die magischen Worte: „Ja, du darfst."

Jetzt wusste ich, mein Leben würde sich verändern. Ich hatte die für mich bestimmte Heilsbotschaft unverschlüsselt und auf direktem Weg empfangen. Ich, nur ich war dazu ausersehen, eine neue Bewegung zu gründen und zu führen. Oder wie der von mir sehr verehrte Friedrich Nietzsche einmal sagte: „Wenn man sich vervielfachen, verhundertfachen will, muss man nicht die Einsen

suchen. Man muss sich von den Nullen finden lassen."
Aber wie sollte ich es anstellen? Wie meine Jünger um mich versammeln? Und vor allem, welcher Name gebührt einem heiligen Mann mit meinen Erleuchtungen? Da fiel mir spontan meine Freundin Viola ein, die sich um diese Zeit entweder in einem bekannten Kaufhaus, oder bei einem ihrer neuesten Lover aufhalten würde. In solch großen Momenten braucht man wahre Freunde, und der Kontakt war über das Handy schnell hergestellt. Wir verabredeten uns im Bellini, in unserem bevorzugten Bistro, um alles weitere zu besprechen.

Eine Stunde später saßen wir in der ersten Etage, in der zu dieser Zeit nur geringer Publikumsverkehr war. Im Halbdunkel der kleinen Bar lauschte Viola ergriffen meinen Offenbarungen. Mit bewegten Worten sprach ich zu ihr: „Mein Haupt ist, wie es sich geziemt, geschoren und der da oben hat über einen Engel zu mir gesprochen."
Es war erschütternd, mit welcher Laxheit ich auf den harten Boden der Tatsachen zurückgeholt würde.
Mit obszön glucksendem Lachen bekam ich eine banale Gegenfrage zurück.
„Und warum hast du nicht direkt mit ihm gequatscht?"
Mein strenger Blick, der die möglichen Strafen für so viel Blasphemie schon in sich trug, brachte sie zum Schweigen. Ich dachte: „Wen ich liebe, den weise ich zurecht und nehme ihn in Zucht",

und orderte zur spirituellen Erbauung zwei extrastarke Caipirinha. Dann sprach ich weiter zur Ungläubigen.
„Schatz, ich spüre, ich kann etwas bewegen. Und du kennst mich doch, ich hatte schon immer eine spirituelle Ader."
Viola sah mich lächelnd an und ihre Antwort fiel entsprechend aus: „Ja, ich weiß, du hast schon immer einen kleinen Sprung in der Empfangsschüssel. Aber darum liebe ich dich ja."
Viola liebt mich. Die oberste Sünderin, meine erste Sünderin, meine Adeptin, war auf dem Weg der Bekehrung. Für einen kurzen Augenblick sah ich das Bild der heiligen St. Afra vor mir, deren Mutter vor vielen hundert Jahren ein Bordell im Schwäbischen unterhalten hatte, und die durch den Bischof Narzißus, der zufällig zwecks Bekehrung das Bordell frequentierte, wegen ihrer Leistung zur Heiligen erkoren worden war.
„Sag mal, ich weiß noch nicht, welchen spirituell wirkungsvollen Namen ich annehmen soll. Hast du nicht eine Idee?"
Mir schwebte irgend etwas prophetisches zwischen Moses, Hildegard von Bingen und Merlin vor. Aber Moses hatte es ziemlich schwer, dem ungläubigen Volk seine Steintafeln zu verkaufen. Vermutlich war er dem Leistungsdruck seiner jungen Frauen nicht mehr gewachsen, als er auf einen hohen Berg stieg, um mit den Göttern ein ernstes Wort zu reden. Außerdem musste er sich mit den schweren Steintafeln abrackern. Das war mir zu mühselig. Auch Hildegard von Bingen erschien mir durchaus als Vorbild. Aber ins Kloster, um Kräuter zu zählen,

wollte ich dann doch nicht. Merlin erschien mir da schon erstrebenswerter, aber dann dachte ich daran, dass ich in Chemie noch nie gut war. Alle möglichen Heiligen gingen mit durch den Kopf. Ich erinnerte mich auch an den heiligen Simon, der dreißig Jahre angekettet auf der Spitze einer Säule lebte, als Violas lauter Aufschrei die Stille der Stätte der Besinnung durchbrach.
„Ich hab es, Johannes, das ist es."

Die wenigen Anwesenden in dem kleinen Bistro schauten zu uns herüber und es war mir einen Moment peinlich. Immerhin kannte man mich als guten Gast und ich hatte einen Ruf zu verlieren. Meine beschwichtigende Handbewegung zeigte Wirkung und Viola begann ihre Stimme auf ein verschwörerisches Niveau zu senken.
„Johannes passt gut zu dir. Du hast so etwas Überzeugendes. Und außerdem hat mir Fabienne einiges über deinen Johannes erzählt."
Das war es also. Ich war ahnungslos auf dem Weg der Erleuchtung, immer um das Seelenheil der Verzweifelten kämpfend, und hinter meinem Rücken brodelte die Gerüchteküche auf niedrigstem Niveau. Aber Viola hatte Recht. Der Name Johannes gefiel mir immer besser. Er hatte das gewisse Etwas, um die Mysterien des Altertums und der Moderne zu verbinden.
„Bruder Johannes", der heilige Johannes, ja so wollte ich mich nennen und meiner großen Anhängerschaft mit leuchtendem Vorbild voran gehen.
Zwar hatte ich noch Bedenken. Immerhin, soweit ich

mich erinnern konnte, lief der Klassiker nackt durch die Gegend und nuschelte wie ein durchgeknallter Drogenjunkie unflätiges Zeug. Aber es waren ja einige hundert Jahre vergangen und ich war mir sicher, dass solche kleinen Vorkommnisse eines großen Vorbilds nicht weiter ins Gewicht fallen würden.

Jetzt brauchte ich nur noch einen Namen für meine spirituelle Bewegung, die immerhin schon einen weiblichen Jünger hatte. Ich dachte an irgend etwas einprägsames, mit viel Licht und einer Menge Geist. Viola war von meiner Idee begeistert und kichernd sah sie sich schon mit demütig gesenktem Kopf. Den sündigen Körper in ein langes Gewand gekleidet, das bis auf die Füße reichen sollte.
„Ja genau, so möchte ich dir folgen. Um die Brust möchte ich einen Gürtel aus Gold. Und darunter die schwarzen Strapse und sonst nichts."
Ich wischte die Gedanken der Sünderin mit einer unwirschen Handbewegung beiseite und orderte den zweiten Caipirinha. Dann fiel mir mein erster Alfa Romeo, der rote Spider, ein. Das war es, meine neue Bewegung sollte diesen erhabenen Namen tragen. Nein, nicht Alfa Romeo, sondern Alpha Lux, die erste illuminative Bewegung des Lichts. Auch Viola war begeistert, aber die Frage, warum ich unsere Bewegung nicht „Porsche Lux" oder „Fiat Lux" nennen wolle, quittierte ich mit einem strafenden Blick. Ich nahm mir fest vor, solche lasterhaften Spitzfindigkeiten in Zukunft hart zu bestrafen.

Meine salbungsvolle Antwort mit dem bekannten Bibelzitat: „Miststück, diene dem Herrn in Furcht, und küss ihm die Füße, damit er nicht zürnt“, wurde mit einem listigen Lächeln quittiert und ich orderte in weiser Voraussicht den dritten Caipirinha für mich und den Dritten Kelch für Viola.

Bis hierhin war die Gründung meiner neuen Glaubensgemeinschaft erfolgreich verlaufen. Der Name war gefunden, auch der Ort der heiligen Stätte war schon vorbestimmt. Mein Wohnzimmer sollte das religiöse Zentrum der westlichen Hemisphäre werden. Das fehlende Weihevolle des kargen Raums schien mir nur eine kleine Hürde auf dem Weg zum Erfolg. Ein heiliger Stuhl musste noch erworben werden und vielleicht einige gefällige Engelsfiguren, die wie zufällig mein Domizil schmücken konnten. Viola war von meiner Erleuchtung begeistert und schon weiter, bei typisch fraulichen Themen. Lila, Rosé oder ein zartes Blutrot, waren ihre bevorzugten Farben der Saison, in denen sie als Büßerin zu gehen trachtete. Einen Moment war ich versucht, solche modischen Auswüchse empört zurückweisen. Der Herr würden die Seinen auch ohne Kleider erkennen und ich war mir sicher, dass ich Viola, stellvertretend für den Herrn, auch ohne Kleider gern sehen würde. Aber dann verstand ich das weibliche Drängen nach Zugehörigkeit und Schmuck. Wie sollten meine irdischen Jünger die Bekehrten von den Ungläubigen unterscheiden können, wenn nicht durch heilige Kleider.

Ich entschied mich spontan für lange, blutrot gefärbte Gewänder, die ich preisgünstig zu erstehen gedachte, um sie dann zum Wohle der Gemeinschaft mit einem winzigen Aufschlag an die Novizen zu veräußern. Ich sah die Möglichkeiten zwischen Einkauf und Verkauf. Bei einem Einkauf von sagen wir mal grob geschätzt fünf Euro und einem Verkaufspreis von hundert Euro, multipliziert mit der Anzahl der möglichen Anhänger, so in der ersten Ausbaustufe schätzungsweise einhundertvierundvierzigtausend, erschien mir der Gedanke durchaus erfolgversprechend. Damit war die Frage der einheitlichen Kleidung auch positiv verabschiedet. Mit der hoheitsvollen Handbewegung des zukünftig gutsituierten, Erleuchteten orderte ich den vierten Pokal mit leckerem Caipirinha.

Viola war von meinen spirituellen Gedanken sehr angetan und begann Fragen zu stellen. „Sag mal großer Guru, stimmt es, dass du jetzt immer die Wahrheit sagen wirst? Und wie ist das mit der verheirateten Nachbarsfrau? Dann darfst du doch auch nicht mehr mit Fabienne …“ Ich fuhr ihr verbal etwas unwirsch über den vorlauten Mund und antwortete klerikal korrekt: „Und du sollst keine anderen Götter neben mir haben. Und das Weib schweige in der Gemeinde. Merk dir das mal, wenn du in meinem erlauchten Kreis bleiben willst.“

Viola zog mit einem laut schlürfenden Geräusch an ihrem frischen, aber zur Neige gehenden Caipirinha, und ich erinnerte mich an meine Verpflichtung zur Labung der Dürstenden. Ich zog ihre Hand zu mir und sprach: „Fürchte dich nicht, denn ich bin bei dir", und Viola schob mir gehorsam den leeren Kelch hin, auf dass ich ihn mit spirituosem Manna füllen solle. Ich gab die Order an die dienstbaren, aber seltsamerweise sehr verschwommenen Geister weiter.

Was jetzt noch fehlte, war ein Programm. Eine Botschaft des Herrn, der durch mich sprechen sollte und die ich an die Gläubigen auszusenden gedachte, damit neue Gläubige in Scharen kommen sollten. Doch das sollte sich schwieriger als erwartet gestalten, denn Viola bekam die ersten religiösen Visionen und lallte zwischen einigen klaren Worten nur noch unverständliches Zeug. Mit wachem Geist hörte ich auf die sybillinischen Worte meiner verwirrten Anhängerin. Und siehe da, der sechste Kelch stand wie von Engelshänden getragen vor uns. Spontan begriff ich meine göttliche Eingebung vom frühen Morgen.

„Ja, du darfst", war das Menetekel, das ich nicht aus den Augen verlieren durfte. Es beinhaltete Abschreckung, Herausforderung und Liebe in einem Satz. „Du darfst, in Ewigkeit Amen." Nichts sollte mehr verboten sein, alle Zwänge von den Menschen genommen, alle Güter gleich verteilt werden, und Freiheit, Gleichheit, Brüderlichkeit würden herrschen, in Ewigkeit. Aber natürlich nur für die pünktlich ihre Monatsbeiträge zahlenden Anhänger der Bewegung Alpha Lux, deren geringster Bruder unter den Geringsten ich sein wollte.

Was wir jetzt noch brauchten war Musik. Etwas Modernes, Neues, etwas, was es noch nie gab. Gitarren und Rap schieden als zu modisch und zu wenig innovativ aus. Flöten waren irgendwie zu brav. Obwohl ich gelegentlich der ungehorsamen Viola noch die richtigen Flötentöne beibringen wollte.

„Posaunen, Posaunen kommen gut. Sieben Posaunen und immer, wenn die einen fetzigen Sound spielen, muss was Dramatisches passieren. Und Nonnen müssen blasen. Nonnen in Lackdessous, so wie damals beim ollen Bohlen und seinem Blue System. Das wäre stark."

Ich hatte Bedenken und fürchtete für einen Moment um das Weihevolle, aber dann gefiel mir Violas Vision. Sie hatte das Zeug zu einer Heiligen und ich hob segnend die Hände und der Keeper verstand den Wink. Es war ein Wunder. Der siebte Caipirinha kam wie von göttlicher Allmacht getragen auf unseren geweihten Tisch. Ich sah die funkelnden Gralsgläser und wusste, dass die Getreuen nur mit sieben Kelchen errettet werden können. Viola begann langsam auf die Knie zu rutschen und verschwand unter dem Tisch, um mir die Füße zu salben, oder so. Ja genau so sollte es sein. Ich nahm meine Hand und legte sie auf Violas Kopf, um sie mit sanftem Druck nach unten zu segnen. Dann sprach ich: „Ja, du darfst", und meine getreue Dienerin Viola tat auf Knien wie ihr geheißen. Und es war gut, was sie tat, in Ewigkeit Amen.

Dann kam der Kellner, um mit empörtem Blick zu uns zu sprechen: „Das geht hier aber nicht. Kann ich abkassieren?“

In eigener Sache: Dieser Geschichte liegen wahre Begebenheiten zugrunde. Der Friseurbesuch an einem Freitag, der zufälligerweise auch noch der Dreizehnte war, und der ausgefallene Weltuntergang haben tatsächlich stattgefunden. Die Namen und Orte sind aus Diskretionsgründen und um nicht in den Verdacht unerlaubter Schleichwerbung zu geraten, leicht verfremdet. Die Inspiration zu diesem Text habe ich auf Anraten meiner Freundin Viola aus den Schriften meines großen Vorbildes Johannes (Prophet und Heiliger) entnommen. Große Teile seiner Offenbarungen musste ich gegen innere Widerstände, aber auf Anraten meiner juristischen Berater weglassen, da sie so schrecklich sind, dass schwache Seelen oder sensible Jugendliche bleibende Schäden davontragen könnten. Darüber hinaus gibt es keine Ähnlichkeiten mit lebenden oder toten Personen. Falls doch der Eine oder die Andere glaubt, sich irgendwo wieder zu erkennen, ist das ein reiner Zufall. Ich kenne Den- oder Diejenige nicht. Ich habe sie noch niemals gesehen, gehört, gerochen, gespürt oder geschmeckt. Sollte also jemand vermuten, sich oder nahestehende Personen in diesem Text wieder zu erkennen, dann fühle ich mich wegen meiner blühenden, aber realitätsnahen Phantasie geschmeichelt. Ansprüche, welcher Art auch immer, können daraus nicht abgeleitet werden.

Zitat: „Diene dem Herrn in Furcht ...“
Psalm 2,9, Der Herr und sein Gesalbter.

Ein Tag ohne Lachen ist ein verlorener Tag

Melanie Müller

Nach einer wahren Begebenheit

Der Tag hatte böse angefangen. Schon am frühen Morgen hatte nichts geklappt. Manchmal wird ein Tag, der schlecht begonnen hat, im Laufe der Stunden ganz erträglich. Diesmal aber wurde es noch schlimmer. Der Abend schließlich versprach alles in den Schatten zu stellen. Und dabei war gestern Abend die Welt noch in Ordnung.

Katja hatte schlecht geschlafen, sich die ganze Nacht hin und her gewälzt und war gegen Morgen in einen unruhigen Schlaf gefallen. Plötzlich wurde sie wach, aber nicht durch den Wecker. Bella, Katjas schwarzer Schäferhund, war mit den Vorderpfoten aufs Bett gesprungen und ließ ihre Zunge quer durch ihr Gesicht gleiten.

„Bella! Aus!“ Mit einem Satz wollte Katja aus dem Bett springen, blieb aber mit dem Fuß in der Bettdecke hängen und fiel kopfüber aus dem Bett. „Aua.“ Das gab sicherlich einen dicken Bluterguss. Mühselig rappelte sie sich auf und humpelte ins Bad. Ihr Spiegelbild konnte sie heute auch nicht fröhlich stimmen, dicke Ringe hatte sie unter den Augen. Trübsinnig sah sie sich an, versuchte ein schräges Lächeln, kam aber nicht sehr überzeugend.

Steven hatte gestern Abend nicht angerufen, das war ungewöhnlich, da er es sonst nie vergaß. „Ist wohl was dazwischen gekommen", dachte Katja bei sich.

Sie schlurfte in die Küche und machte sich ihren Vitamincocktail zurecht. Schmeckte heute auch nicht besonders, aber was soll's, mit einem großen Schluck war das Getränk unten und Katja begab sich wieder ins Bad, sie wollte wenigstens noch ein warmes Entspannungsbad nehmen, bevor sie sich in den Alltagsstress warf. Sie ließ das Wasser in die Wanne und wunderte sich nach einer Weile, dass das Wasser nicht warm wurde. „Mist. Was ist denn jetzt schon wieder los?" Katja hüpfte die Treppe in den Keller und überprüfte die Heizung. Aus. „Nein, jetzt muss ich auch noch den Klempner kommen lassen." Sie nahm das Telefon und informierte den Heizungsmonteur. Der versprach zu kommen, aber erst abends. Na denn, dann baden wir eben nicht.

Missmutig wusch sich Katja mit kaltem Wasser und zog sich an. Als sie den Reißverschluss ihrer Jeans zuzog, sprang dieser wieder auf und ließ sich nicht mehr schließen. Also zog sie die Hose wieder aus und probierte eine andere. Diesmal hielt der Reißverschluss.

„Na endlich." Und ab ins Auto zur Arbeit fahren. Der Tank war fast leer und Katja musste auf dem Weg tanken. „So teuer?" Sie zog die Handbremse an und warf dem Tankwart „Bitte für 20 € tanken!" an den Kopf.

In der Zwischenzeit rief sie bei Steven an, denn sie wollten zusammen die Plakate für das Konzert abholen und plakatieren fahren. Sie erreichte ihn nicht und hinterließ eine Meldung auf dem Anrufbeantworter. Also fuhr sie alleine zur Druckerei und holte die Plakate ab. Sie rief ihn an, keine Antwort. Auch kein Rückruf.

So fuhr sie erst mal in die Firma, um die Buchhaltung zu machen, denn das war nun mal die Arbeit, mit der sie den Lebensunterhalt verdiente. Mit drei Kindern im Haushalt muss man Abstriche machen. Ihr Blick fällt auf den Kalender: Freitag, der 13.

Es war zwei Uhr und Steven hatte sich immer noch nicht gemeldet. „Du, Birgit, hast du nicht Lust mit mir plakatieren zu gehen? Steven habe ich nicht erreicht und die Plakate müssen raus."
„Klar, das mache ich, ist bestimmt lustig." Katja war erleichtert. Die beiden Frauen stellten fünf Eimer Leim ins Auto, die Plakate, einen Quast und fuhren los. Sie hatten die Erlaubnis, die von der Wahl noch stehenden Plakatständer zu benutzen.

Nach gut der Hälfte der Arbeit machten sie in einem Café Rast, um einen Kaffee zu trinken. Die Wirtin setzte sich zu ihnen. „Katja, wissen sie eigentlich schon das Neueste von Steven?"
„Nein, was denn, ist irgendetwas passiert?"
„Ja, so kann man es auch nennen. Er hat 'ne neue Freundin, eine mit drei kleinen Kindern und die wohnt schon bei ihm."
„Was? Das glaub ich nicht."

Katja war kreidebleich geworden, die Tränen schossen ihr in die Augen, aber sie beherrschte sich und sagte kein Wort mehr. „Komm Birgit, wir gehen, wir haben noch die andere Hälfte zu kleben.“ Die beiden Frauen erhoben sich und gingen zum Auto.

Katja schaltete die Rufnummernkennung ihres Handys aus und rief Steven an. Er meldete sich. „Du bist das mieseste, widerlichste, verlogenste und ekelhafteste Geschöpf, was auf Gottes Erde herum läuft. Wie konntest du mich so belügen.“
„Was ist denn los?“
„Das weißt du ganz genau.“
„Nein, weiß ich nicht.“
„Ich habe heute erfahren, dass du mit einer anderen Frau zusammen bist. Willst du das vielleicht leugnen?“
„Woher weißt du das?“
„Das geht dich nix an!“
„Ich rufe dich nachher an und erkläre dir alles, ich hab im Moment keine Zeit.“
„Ich glaube dir nicht, dass du anrufst.“
„Doch, das mache ich, du wirst schon sehen.“ Die Verbindung wurde unterbrochen.
Sie sah Birgit an und Birgit sah Katja an.
„Ich bin sprachlos“, sagte Birgit. „Das ist ja heftig, der Typ ist doch ein Arschloch.“
Der Tag war noch nicht vorbei. Katja und Birgit machten mit ihrer Arbeit weiter. Später, so gegen zwanzig Uhr, waren die beiden fertig und jeder hatte nur noch das Bestreben, in eine warme Wanne zu steigen.

Zu Hause angekommen, stolperte sie zuerst über die Schuhe im Flur. „Dass die Kinder ihre Schuhe nicht ordentlich abstellen können!“
Sie hatte Hunger und ihr Weg führte sie direkt in die Küche. Dort traf sie der Schlag, die Kinder hatten gekocht und Kuchen gebacken, aber nichts war aufgeräumt worden. Die Küche glich einem Schlachtfeld. Katja brüllte durchs Haus nach den Kindern, aber keines zeigte sich. Alle ausgeflogen.

Missmutig spülte Katja das Geschirr und säuberte die Küche. Am Kühlschrank, auf der Suche nach was Essbarem, entdeckte sie die Flasche Prosecco. Kurz entschlossen wurde die Flasche entkorkt, ein Gläschen gefüllt und Katja prostete sich im Spiegel zu, „auf uns Frauen, die Männer sind sowieso Scheiße“ und leerte das Glas in einem Zug. Nun trocknete sie das Geschirr ab und nach getaner Arbeit wanderte das zweite Glas in Katjas Magen. Da sie nichts gegessen hatte, wirkte der Alkohol schon und ein leichter Schwindel durchströmte ihren Körper. Aber das war egal. Sie tippte in ihr Handy: „Ich wünsche dir alles Gute für die Zukunft und viel Glück mit deiner Putzschlampe, die passt sowieso viel besser zu dir.“ Und drückte auf senden.

Sie setzte sich an ihren PC und wollte noch ein bisschen arbeiten. Kurz darauf erschien ein blauer Bildschirm, der PC fuhr herunter und wollte wieder neu starten, aber bei der Festplattenkennung blieb er stecken. „none[1]“, Er erkannte die Festplatte nicht

1 Festplatte wird nicht erkannt

mehr. Katja baute die Platte aus, jumperte[2] sie um auf Slave[3], aber auch so erkannte der PC die Platte nicht mehr. Das war der Supergau, alle Daten weg.

Die Sicherheitskopie hatte sie morgen machen wollen. Das Programm, um eine Kopie der Festplatte herzustellen, lag unausgepackt neben ihrem Rechner.

Sollte dieser Tag wirklich so schwarz enden? Plötzlicher Lärm im Flur, die Kinder waren zurück.
„Mama!"
„Hier im Arbeitszimmer!"
Da standen sie, die Drei, grinsten breit und hielten ihr einen Blumenstrauß entgegen.
„Entschuldige, dass wir die Küche nicht aufgeräumt haben, aber wir mussten ganz dringend was erledigen."
Wer konnte da noch böse sein. Katja wollte ernst bleiben, aber ein Lächeln stahl sich auf ihr Gesicht und sie umarmte ihre Kinder.
Es ist schön, Kinder zu haben, dachte sie bei sich, und das mit dem PC bringe ich morgen wieder in Ordnung.
„Ich spendiere ein Eis, im Gefrierfach sind noch Waffelhörnchen mit Schoko und Vanille!"
Wer lässt sich das schon zweimal sagen :-)!

2 Jumper sind kleine Steckbrücken

3 Eine Festplatte ist der Master, alle anderen sind die Slaves.

Ein fast ganz normaler Freitag

Ryan Elbwood

Ryan hatte noch ganz verklebte und müde Augen, als der Radiowecker seine Arbeit tat.
„Mist!“ - dachte Ryan fast laut, denn er war noch hundemüde und die Nacht kam ihm vor, als ob ihm jemand ein paar Stunden gestohlen hätte.
Ein kritischer Blick auf die Uhr bestätigte jedoch die schlimmste Befürchtung, es war ehrlich schon fünf Uhr dreißig und Ryan musste aus den Federn.
„Oh Mann!“ - waren seine Worte, als er die Digitalanzeige der Uhr las. Ryan schleppte sich ins Bad, verrichtete die tägliche Morgenhygiene und begab sich in die Küche, wo er noch immer das Radio aus dem Schlafzimmer lautstark hörte.
„Einen wunderschönen guten Morgen meine lieben Zuhörer, es ist 06:40 und wir haben Freitag, den 13. April 2007! Achten sie also bitte heute besonders auf den Verkehr oder bleiben sie am besten zuhause!“ - dröhnte es aus dem Lautsprecher des Radioweckers.
„So ein Blödsinn!“rief Ryan laut heraus, worauf ein kreischendes „Auuuuuuuaaaaa!“ - folgte, denn genau in dem Augenblick stieß sich Ryan seine Zehe an dem Stuhlbein heftig an.
„Au Mann, wie können die Leute nur so abergläubisch sein, das ist doch alles reinster Mumpitz!“ Dennoch tat die Zehe noch immer stechend weh und färbte sich so langsam rot.
„Ha, Statistiken beweisen, dass an jedem anderen Tag genauso viel passiert, wie an einem Freitag,

dem Dreizehnten, also alles nur Geschwätz", bruttelte Ryan vor sich her, als die Zehe deutlich zu schwellen begann.

Plötzlich zischte es erschreckend laut und die Milch quoll über. „Was für ein verdammter Morgen!" brüllte Ryan wütend, als sich die kochende Milch über die gesamte Herdplatte verteilte.
„Na gut, dann gibt es heute eben keine Haferflocken", schimpfte er noch, als er zu der letzten Banane griff, die bereits dunkler als das Eichenstuhlbein war, an dem er sich eben so gemein seinen Zeh gestaucht hatte. Dieser hatte sein Volumen inzwischen deutlich vergrößert und pochte fürchterlich.
„Na, das kann ja nur noch besser werden", flüsterte er, als er seine Arbeitskleidung anzog und das Haus verließ.
Schnell öffnete er das quietschende Garagentor, wo sein Fahrrad bereits auf ihn wartete. Ein holpriges Gefühl war zu vernehmen, als er den ersten Schwung mit dem Pedal holte. „So ein Mist!", keifte Ryan, als er bemerkte, dass sein Hinterrad einen platten Reifen hatte. Schnell griff er zu der alten verstaubten Lustpumpe, öffnete das ölverschmierte Ventilkäppchen und pumpte so schnell, dass es ihm ganz dösig in der Birne wurde, wie man so schön sagt. Doch obwohl er sich richtig Mühe gab, wollte der Reifen nicht voller werden.
„Auch das noch, ein Loch!", schimpfte er, als er das Rad an die Wand lehnte und die Garage wieder von außen verschloss. Humpelnd und dennoch schnell eilte er zur nächsten Bushaltestelle, wo er eben noch die Rücklichter des Busses sehen konnte, der nach der Fahrplanangabe wieder in fünfunddreißig

Minuten zurückkommen sollte.
„Na klasse, nun komme ich auch noch zu spät!“, sprach er zu sich selbst, als er sich humpelnd auf den Weg zu der Buchbinderei machte, in der er als Lager- und Versandmeister schon seit über zwei Jahren seine Arbeit mit aller Zufriedenheit verrichtete.
„Ach, heute ist ja Freitag und da ist nie viel los“, dachte er so bei sich. Als er um die Ecke ins Firmengelände einbog, stellte er mit Staunen fest, dass vor der Rampenzufahrt der Buchbinderei sechs lange Lastkraftwaren mit tiefem Federstand der Räder auf ihn warteten.
„Das darf ja wohl nicht wahr sein, die wollen doch wohl nicht zu uns!?”, brummte er vor sich her, als im selben Augenblick ein weiterer LKW seinen Platz hinter den anderen sechs einnahm.
„Herr Elbwood, nun wird es aber langsam Zeit!“, hörte Ryan seinen Chef ungewöhnlich verärgert rufen, als er gerade die Seitentreppe der Rampe heraufhumpelte. „Entschuldigen sie bitte, doch heute Morgen ging ehrlich alles irgendwie schief“, erklärte Ryan. „Lassen Sie die Erklärungen und fangen sie an mit dem Abladen, heute kommt ein Großauftrag von Daimler-Chrysler, das werden so an die zwanzig Lkws werden, wenn nicht noch mehr. Ach so, bevor ich es vergesse, Herr Dietrich hat sich heute Morgen krank gemeldet, sie sind also alleine.”
Ryan wollte sich die Panik nicht anmerken lassen, die nun in ihm aufstieg und er antwortete nur mit: „Das ist kein Problem Herr Bässler, das bekomme ich schon in den Griff.“
Sein Chef blickte eher skeptisch über seine halbrund

geschliffene Brille, drehte sich um und meinte nur noch: „ Bis spätestens neun Uhr sollten die ersten drei Lkws abgeladen sein."
Ryan fuhr sofort mit dem Fahrstuhl in das Lager herunter, um seine Elektroameise zu holen, die bestens dazu geeignet war, um schwere Papierpaletten abzuladen. Als er den Fahrstuhl verließ, freute er sich, denn da stand sie ja schon, seine geliebte Elektroameise. Als er am Handgriff jedoch den Richtungsschalter betätigte, bemerkte er sofort, dass die Ameise eher kroch, als fuhr. „Oh nein, dass gibt es doch nicht, man hat sie nicht an die Batterie gehängt!", rief er nun schon fast panisch, als er erst die Ameise an die Batterie anschloss und dann verzweifelt den Hubwagen nahm, um damit in den Aufzug zu fahren.
Oben an der Rampe standen bereits sieben Lkw-Fahrer mit Kaffeebechern in der Hand, die belustigt fragten: „Willst du etwa mit dem rostigen Teil da abladen?" - wobei sie auf den Hubwagen deuteten, der seine besten Tage schon vor Jahren hinter sich gelassen hatte.
„Na klar, das ist doch kein Problem!", sagte Ryan so sicher, dass es der ein oder andere Fahrer zu glauben schien, doch Ryan wusste, was nun auf ihn zukam oder besser ausgedrückt, er dachte, dass er es weiß.
Als er auf der Rampe war, sah er in dem langen Lkw nur lauter flache Paletten, die kein Problem darstellen dürften. Ryan schuftete wie besessen und er spürte den pulsierenden Schmerz an seinem geschwollenem Zeh nur noch vage. Die Lkw-Fahrer sahen Ryan eher gelangweilt zu, als er Palette für Palette in den Aufzug fuhr, dann damit

im Lager verschwand und sie unten wieder auslud und stapelte. Als der erste Lkw endlich leer war, wusste Ryan, dass er so drei Stück bis um neun Uhr locker schaffen würde, wenn er das Tempo beibehalten konnte. Doch es kam schlimmer. Der nächste Lkw stand bereits an der Rampe und seine Paletten waren deutlich höher. Ryan musste nun seine ganze Kraft einsetzen, um eine solche Palette überhaupt bewegen zu können. Ein Grinsen in den Augen so mancher Fahrer war nun deutlich zu sehen. Trotz aller Schadensfreude der Fahrer wurde der Lkw jedoch zusehends leerer und Ryan war bereits der Erschöpfungsgrenze nahe. Als sein Chef an die Rampe kam blickte er zufrieden und sprach: „Na prima, Herr Elbwood, das machen sie ganz großartig."
Ryan wusste nicht mehr, ob er sich freuen oder zusammenbrechen sollte, doch er zwang sich ein halbwegs glaubwürdiges Lächeln auf die Lippen und zog die Palette weiter, die er gerade auf der Hubwagengabel hatte.
Als auch der zweite Lkw abgeladen war, musste Ryan erst einmal etwas trinken. Eine kalte Cola drückte er an dem Automat, doch da kam ein rotes Licht mit der Information „LEER" zum Vorschein. „Na gut, dann eben eine Zitronenlimo", dachte sich Ryan noch, als er bemerkte, dass er dafür nicht genug Kleingeld hatte. „Kommst du heute noch einmal?" hörte man den Lkw-Fahrer fragen, der bereits vor drei Minuten seinen Wagen an die Rampe gefahren hatte. Ryan drückte auf Geldrückgabe und steckte die Münzen wieder in seinen Geldbeutel. Durstig begann er erneut die Arbeit. Sein Gesicht wurde Schreibblatt weiß, als er die Fracht des nächsten

Lkws betrachtete. Schmale Paletten, die jedoch gut 180 cm hoch waren. Aus Erfahrung wusste Ryan, dass solche Paletten 1. sehr schwer sind und 2. das anscheinende Bedürfnis besitzen, sehr gerne umzufallen. Ryan fragte den Fahrer, ob er bitte mit anpacken könnte, damit nichts umfällt. Freundlich stimmte der Fahrer zu und recht schnell war nun auch der dritte Lkw abgeladen. Es klingelte laut zur Vesper und Ryan hatte es tatsächlich geschafft, die drei Lkws bis um neun Uhr abzuladen. Die letzten zwei Paletten nahm er noch mit runter ins Lager und fuhr sie aus dem Aufzug. Was Ryan jedoch vergaß war, dass nun der Fahrer nicht mehr mit dabei war und plötzlich machte es einen lauten Schlag, der den Aufzug in Schwingung versetzte. Das Befürchtete war eingetroffen, die hintere Palette war vom Hubwagen gekippt. Panisch zog Ryan die vorderste Palette heraus, was auch prima klappte, doch nun war guter Rat teuer. Die hintere Palette war gegen die Rückwand des Aufzugs gelehnt, jedoch so schräg, dass man sie ohne mechanische Hilfe nicht wieder aufrichten konnte, da ihr Gewicht gewiss gute 600 Kilo betrug.

Ryans Freund Antonio kam vom Vesper herunter und sah das Übel sofort. „Mann, Ryan, ich brauche nachher den Aufzug, die Palette muss raus!“, hörte er Antonio sagen, als er sich gerade überlegte, wie er das wohl am besten hinbekam. Antonio dagegen überlegte überhaupt nicht, sondern nahm ein dickes Seil aus dem Regal, band es um das obere Drittel der gestürzten Palette, hängte die nun aufgeladene Elektroameise ab, fuhr damit zum Aufzug, band das Seil um die Griffstange der

Elektroameise und betätigte den Richtungsschalter mit dem notwendigen Gefühl. Oben im nächsten Stock hämmerten bereits die Mitarbeiter mit den Fäusten gegen die Aufzugstür, weil der Aufzug blockiert war. Antonio gelang es scheinbar mühelos, die Palette aufzurichten. Schnell entfernte er das Seil wieder, schnappte die Palette mit der Ameise, fuhr sie aus dem Aufzug und schloss die Tür. „So geht das mein Freund!" sagte Antonio mit einem überzeugendem Blick, dem Ryan nichts hinzuzufügen hatte, außer: „Vielen Dank!"
„Das macht dann ein Feierabendbier", erwähnte Antonio ganz gelassen, als er schnell sein Schinkenbrot verschlang.
Ryan eilte nun zum Wechselautomat, besorgte sich Kleingeld und ging mit zügigen Schritten zum Getränkeautomat, vor dem bereits drei Damen standen. Endlich kam Ryan an die Reihe und drückte seinen Zitronensprudel, als wiederum das bereits bekannte „LEER" in roten Buchstaben aufblinkte. Verärgert, und ohne auf den Geldrückgabeknopf zu drücken, ging Ryan nun in das Herrenklo, drehte den Wasserhahn auf und trank das fließende Nass. „Ah, so gut war Wasser noch nie!", sprach Ryan, als er gerade aus dem Klo ging, wo er sah, wie sich jemand darüber freute, dass er aus dem Getränkeautomaten Kleingeld herausbekommen hatte.
Doch Ryan sagte nichts, denn er war nun guter Dinge. Er hatte getrunken, die gestürzte Palette war aus dem Aufzug und das Tollste war, er konnte nun seine Elektroameise wieder verwenden, die inzwischen wieder so weit aufgeladen war, dass sie für den heutigen Tag herhalten würde.

Das Vesper endete und Ryan legte mit der Ameise los, denn das konnte er und darin war er wohl unschlagbar. Bis zum Mittag waren 12 weitere Lkws ausgeladen und es standen nun nur noch fünf Lkws vor der Rampe. Das roch nach baldiger Ruhe. Ryan genoss die Mittagspause, ging in den nahegelegenen Park und setzte sich auf eine Bank. Gegenüber sah er, dass der Bäcker noch geöffnet hatte und schnell kaufte er sich noch eine Cola aus dem Eisschrank und ein paar lecker süße Stückchen. Nach einiger Zeit und zufriedenem Mahl machte sich Ryan wieder auf den Rückweg zur Firma. Sein Blick wurde trüber, als er zwei Meister auf der Rampe herumspringen sah, die aussahen, wie zwei närrische Affen in einem Käfig. „Was ist denn los?" fragte Ryan in freundlichem Ton.
„Wir brauchen den Druckbogen Nr. 1 ganz dringend, doch im Lager ist er nicht zu finden, er muss noch auf einem der übrigen Lkws sein!", erklärte der Meister der Falzerei, der sich immer sehr gut auskannte. Die Mittagspause war zwar noch nicht um, doch Ryan bat die Fahrer, dass sie bitte die Planen aufmachen sollten, damit man nach dem Bogen suchen konnte. Wie sollte es auch anders sein, der gesuchte Druckbogen war auf dem hintersten Lkw ganz vorne am Führerhaus. „Den Bogen von dem hinteren Fahrzeug brauchen wir, ihr müsst ihn bitte vorlassen", erklärte Ryan den anderen vier Fahrern sehr freundlich, die jedoch sofort sehr unfreundlich rebellierten und vor allem der Fahrer, der bereits abgeplant an der Rampe stand, wollte sich nicht darauf einlassen und Ryan konnte das sogar verstehen. Als nun noch Ryans Chef dazu kam, war die Panik perfekt.

„Fahren sie sofort von der Rampe!" schrie der Chef den Fahrer des Fahrzeugs an, der sich weigerte, seinen Wagen wieder wegzufahren.
„Nein, ich war zuerst hier und ich muss sofort nach dem Abladen nach Frankreich, ich habe keine Zeit!", entgegnete der gut zwei Meter große und sehr eindrucksvoll wirkende Fahrer.
„Ich rufe die Polizei!" antwortete der Chef und ging wutentbrannt zurück in die Firma. Ryan hingegen dachte, dass er das Problem auf eine bessere Art lösen könnte und sagte zu einem der Meister, dass er den Lkw des Fahrers an der Rampe schnell abladen würde, sodass dann der andere danach heranfahren könnte. Der Meister fand die Idee gut und bot sogar an, dass er die Paletten unten aus dem Aufzug ziehen würde, wenn Ryan sie hineinstellen würde, damit es schneller geht. So wurde ja normal auch gearbeitet, doch einer von Ryans Mitarbeitern war krank und zwei andere waren im Urlaub, denn der Großauftrag kam ungeplant und niemand wusste davon.
Ryan beeilte sich und es ging zügig voran. Der Riese von Fahrer packte sogar selbst mit an und alle waren eigentlich zufrieden, nur einer nicht, Ryans Chef.
Als er sah, dass das Fahrzeug abgeladen wurde, bekam er ein knallrotes Gesicht und sagte, bevor er die Tür zur Halle zuknallte, nur noch: „Herr Elbwood, darüber unterhalten wir uns noch!"
Ryan verstand die Welt nicht mehr. Alle waren zufrieden, nur seinem Chef passte es ganz offensichtlich nicht, dass der Lkw-Fahrer seinen Willen durchgesetzt hatte. Der Fahrer bedankte sich bei Ryan und Ryan bedankte sich ebenfalls

für die Mitarbeit des Fahrers und des Meisters. Der Lkw mit dem wichtigen Druckbogen fuhr zur Rampe, wurde entladen und alles nahm seinen fast gewöhnlichen Lauf bis zum Feierabend. Ryan konnte inzwischen nur noch schlecht laufen, da sich sein Schuh durch den angeschwollenen Zeh inzwischen dramatisch eng anfühlte und Ryan seine Schmerzen nun auch nicht mehr verbergen konnte. Doch Ryan wollte sich nicht lumpen lassen und ging noch nach Feierabend in den Vesperraum, wo sich die Kollegen immer noch zu ein oder zwei Bierchen trafen. Schließlich war er Antonio für seine großartige Palettenrettungsaktion im Aufzug noch ein Bierchen schuldig und das hatte sich Antonio mehr als verdient. Als Ryan in den Vesperraum kam, machte Antonio schon eine Bemerkung, wobei er sein typisch spanisches Charaktergesicht würdevoll strahlen ließ, die Augenbrauen hochzog und in verschmitztem Schwäbisch fragte: „Gell, i bekomm doch no ebbes von dir?"
„Na klar!" entgegnete Ryan, der sofort Richtung Kühlschrank lief. Genau zwei Bier waren noch darin, ein schön kaltes und eines, das wohl erst eben hineingestellt wurde und erbärmlich warm war. Da Ryan Charakter hatte, gab er natürlich Antonio das schön gekühlte Bier und nahm sich selbst das warme Gebräu.
Alle saßen nun zusammen, genossen mehr oder weniger ihr Feierabendbier, als Uwe, der eine Tageszeitung las, plötzlich sagte: „Hey, wisst ihr eigentlich, dass heute Freitag, der Dreizehnte, ist?"
Da lachte Antonio und sagte nur: „Ja, dem Ryan ist heute eine Palette umgefallen!"
Ryan trank gerade und spie sein Bier heraus, als er

das hörte, denn niemand kannte die ganze Wahrheit dieses Tages und er sagte dazu nur: „Ach, heute war doch ein fast ganz normaler Freitag."
Als Ryan dann nach dem brühwarmen Bier gehen wollte, klingelte plötzlich das Telefon und der Chef fragte Uwe, der am Hörer war, ob Herr Elbwood noch da sei. Uwe, der nichts von dem Zwischenfall auf der Rampe wusste, antwortete wahrheitsgemäß und der Chef sagte, dass Ryan bitte in sein Büro kommen soll. Als Uwe das sagte, lief es Ryan eiskalt den Rücken herunter. Ob das wohl seine Kündigung bedeuten würde, weil er nicht im Interesse des Chefs gehandelt hatte? Nun, viel schlimmer konnte es heute nicht mehr kommen und Ryan ging den beschwerlichen Weg zum Büro seines Chefs, der ansonsten immer sehr zufrieden mit ihm war. Als Ryan an die Tür klopfen wollte, ging diese bereits auf und der Chef bat Ryan sofort, bitte für einen Augenblick Platz zu nehmen. Ryan humpelte zu dem gigantisch wirkenden Ledersessel und setzte sich mit seinen schmuddeligen Arbeitskleidern hinein.
„Herr Elbwood!" begann der Chef das Gespräch, „sie arbeiten nun schon über zwei Jahre für uns", womit er sich, seine Frau und seinen älteren Bruder meinte. „Wir alle waren immer sehr beeindruckt von ihrer Einsatzbereitschaft, ihrem regen Geist und den vielen Verbesserungsvorschlägen, die wir eigentlich nie großartig honoriert hatten. Heute an der Rampe haben sie bewiesen, dass sie nicht nur über Verhandlungsgeschick und Teamgeist verfügen, sondern auch über eine weise Voraussicht des Geschehens. Ich will nicht lange herumreden, mich hat das beeindruckt und

dafür wollen wir uns bei ihnen in Form einer Gehaltserhöhung bedanken und nehmen sie dieses Geschenk", wobei ihm der Chef eine Geschenktüte überreichte, wie man sie nur im Feinkostladen der Stadt bekam. Ryan wusste noch gar nicht so richtig, was da eben geschehen war, rechnete er doch mit einer Kündigung oder mindestens einer Abmahnung. „Hm, eine Gehaltserhöhung, prima, vielen herzlichen Dank!", entgegnete Ryan nur und der Chef sagte: „ Da sehen sie mal, heute ist Freitag, der Dreizehnte, und sie haben nur Glück!" Ryan ließ fast die Tüte fallen, konnte dann jedoch noch ein kurzes dankbares Lächeln über seinem Gesicht erstrahlen lassen. Bescheiden und fast demütig ging er dann nochmals dankend aus dem Raum, wobei sein Chef nur lächelte.

Ryan drehte sich noch kurz um und meinte nur noch: „Na ja, eigentlich war heute ein fast ganz normaler Freitag!" wobei er sich nun ein breites Lächeln trotz des schmerzenden Fußes nicht mehr nehmen ließ.

„Eigentlich gar nicht so schlecht, so ein Freitag, der Dreizehnte", dachte sich Ryan, als er langsam nach Hause humpelte.

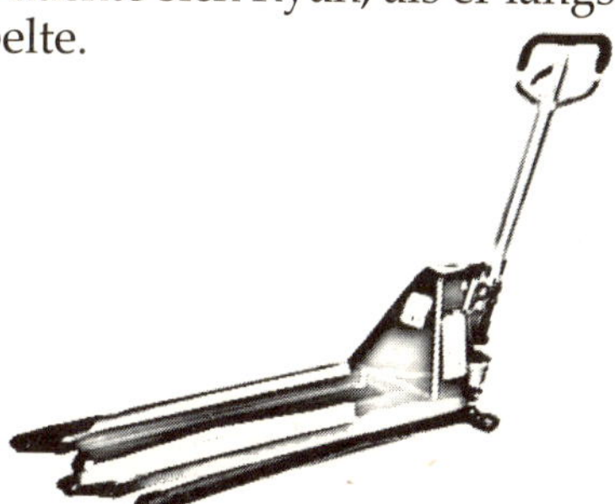

Der neue Chef

Suzan Batty

„Komm, steh endlich auf und zieh dich an“, sagt Kerstin, schon etwas genervt, zu ihrer Freundin Beate.
„Nein“, antwortet diese, „du weißt doch genau, wie abergläubisch ich bin.“ Und etwas leiser, als würde noch jemand zuhören, „heute ist doch Freitag, der 13.!“
„Man oh man, wie alt bist du eigentlich?“ stöhnt Kerstin. „Ich geh jetzt jedenfalls zur Arbeit, du weißt doch, dass heute der neue Chef vorgestellt wird, da dürfen wir doch auf keinen Fall fehlen.“
„Du kannst mich ja für heute krank melden, bitte ja, bitte tu das für mich“, bettelt Beate.

Kerstin und Beate sind Freundinnen seit ihrer Schulzeit und durch Zufall bekamen sie in der gleichen Werbeagentur eine Anstellung. Kerstin schaut auf ihre Uhr: „Verdammt, wir haben schon so spät, dann in Gottes Namen, bleib hier!“ Sie nimmt ihren Mantel, wirft wütend die Tür hinter sich ins Schloss und rennt die Treppe hinunter.

„Autsch, autsch“, beinah wäre sie gestürzt. Der Absatz ihrer Pumps steckt in der Fußmatte. Sie humpelt auf die Straße. Aber dort sieht sie gerade noch die Bahn wegfahren, sie will hinterher laufen, aber wozu? Die ist sowieso zu schnell. Zu allem Ärger hat es auch noch angefangen, zu regnen. Zu dumm, denkt sie, jetzt hab ich auch keinen Schirm. Die Zeit drängt und die nächste Bahn fährt erst in einer Viertelstunde. „Dann werde ich eben ein Taxi nehmen müssen!“ Sie sucht in ihrer Handtasche nach dem Handy. „Ach verdammt, das hab ich ja gestern Abend an die Station zum aufladen gehängt.“

Wütend humpelt Kerstin, den Mantel zum Schutz über den Kopf haltend, die Straße entlang, „Wenn nicht bald ein Taxi kommt, sehe ich aus wie ein nasser Sack. Und gerade heute, wo ich mir besonders viel Mühe mit meinem Outfit gemacht habe! Taxi,Taxi! Gott sei Dank“, schnell lässt sie sich auf den Rücksitz fallen. Zur gleichen Zeit wird die andere Tür aufgerissen und ein junger Mann im Trenchcoat setzt sich neben sie.

„Eh, was fällt ihnen denn ein! Das ist mein Taxi! Ich hab es zuerst angehalten!“
Der junge Mann erwidert: „Was regen sie sich denn auf, wir haben doch beide Platz!“
„Aber ich hab keine Zeit“, sagt Kerstin aufgebracht. Ein Wort gibt das andere, bis sich der Taxifahrer dazwischen drängt: „Habt ihr‘s bald oder wollt ihr hier Wurzeln schlagen?“
„Ich bleibe sitzen!“ Demonstrativ verschränkt Kerstin ihre Hände vor der Brust und denkt, soll der doch raus in den Regen, besser er als ich.
„Ist das ihr letztes Wort?“ wütend reißt er die Tür auf und verlässt das Taxi. „Wir sehen uns wieder, blöde Ziege!“
Zum Taxifahrer ruft er: „Bitte bestellen sie mir einen Kollegen.“
„So, nun können wir fahren“, sagt sie und lehnt sich zufrieden in ihren Sitz zurück. „So ein eingebildeter Schnösel, dem hab ich es aber gezeigt!“

„So ein Biest“, denkt der Taxifahrer, aber wo sie Recht hat, hat sie Recht.

Die Fahrt kommt ihr zu langsam vor, aber endlich sind sie da, Kerstin zahlt und steigt aus. Platsch, mitten in eine Pfütze. Das muss jetzt auch noch sein, nicht nur, dass sie von oben nass war, nein, jetzt auch noch von unten. Alles egal, Hauptsache, sie ist hier.

Humpelnd, den Mantel über den Kopf, wirre nasse Haare kommt sie in der Agentur an. „Mensch Kerstin, wie siehst du denn aus“, lacht Gerd, der Azubi und nimmt ihr den tropfenden Mantel ab. Mit einem Handtuch rubbelt sie sich die Haare trocken.

„Lasst mich bloß alle in Ruhe, heute ist ein Horrortag und Schuld ist nur Beate mit ihrem Aberglauben. Und dann hatte ich noch eine Begegnung mit so einem eingebildetem Schnösel.“
„Kerstin, Gerd, nun kommt, der Seniorchef ist schon da und will eine Rede halten!“ Gut, dass Kerstin immer ein paar Schuhe zum Wechseln in ihrem Büro stehen hat. Sie zupft ihre Haare zurecht, soweit es machbar ist und folgt den Anderen in den Konferenzsaal.

„Sekt?“
„Danke“, und schon hält sie ein Glas Prosecco in ihrer Hand.
„Guten Morgen, leider müssen wir ohne meinen Sohn anfangen, aber ich denke doch, dass er bald kommt.“

Kaum hatte er den Satz beendet, als die Tür aufgestoßen wird und ein junger Mann mit wirren nassen Haaren und ebenso nassem Trenchcoat steht in der Tür.

„Das ist mein Sohn, aber was ist passiert?“
„Tut mir leid Vater, als ich endlich ein Taxi gefunden hatte, stieg eine fürchterlich eingebildeten Person gleichzeitig mit mir ein und verlangte, dass ich mir ein anderes Taxi suche. Und das bei dem Regen!“

„Oh Gott, der eingebildete Schnösel!“ Kerstin wird es ganz heiß. Wenn sich jetzt der Boden auftun würde, sie würde liebend gern darin versinken.

„Jetzt trockne dich ab und dann werde ich dir deine zukünftigen Mitarbeiter vorstellen.“

Nachdem der Juniorchef „trockengelegt“ war, wurden die Mitarbeiter einzeln vorgestellt. „Dies ist Kerstin Bergmann, mein Sohn. Ich möchte sie dir besonders ans Herz legen, sie ist unsere beste Werbetexterin.“ Kerstin merkt, wie ihr die Röte in die Wangen steigt, jetzt nur nicht schwach werden, denkt sie.

Schnell nimmt sie die dargebotene Hand, schaut ihm fest in die Augen und hört sich sagen: „Auch im Namen der Kollegen darf ich Sie recht herzlich willkommen heißen und hoffe, Sie sind ein genauso guter Chef, wie ihr Vater es ist.“
Sie will sich ihm schnell wieder entziehen, aber er hält ihre Hand wie in einem Schraubstock ge-

fangen. Sein Zorn verfliegt, während er sie ansieht. „Ich werde alles in meiner Macht stehende tun und hoffe auf die Unterstützung aller Mitarbeiter, sicher kann ich noch viel von Ihnen lernen", und zu Kerstin flüstert er leise: „Ich hoffe, sie geben mir die Ehre und gehen heute Abend mit mir essen?" Sein tiefer Blick duldet kein Nein. „Sie sind es mir schuldig!" Kerstin lächelt.
'Wenn ich *das* heute Abend Beate erzähle.'

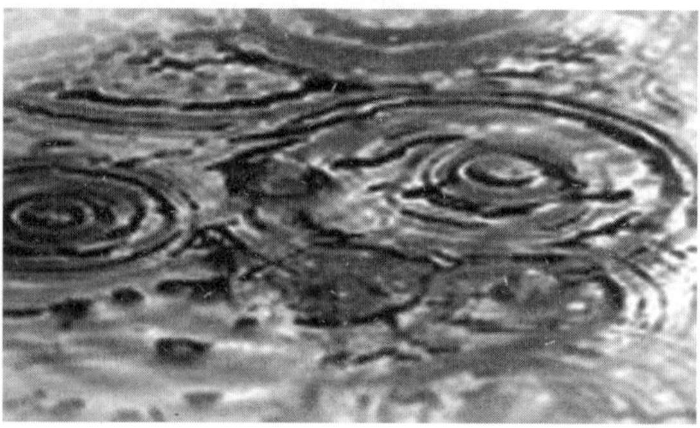

Warum eigentlich heute schon

Birgit Herbst

Michael war ein Erfolgsmensch und im Grunde zufrieden mit seinem Leben. Er hatte bereits viel in seinem Leben erreicht: ein ansehnliches Haus im Vorstadtbereich von München, einen Garten, dessen Blütenpracht seinesgleichen suchte, eine liebevolle und emsige Frau sowie eine kleine, süße Tochter im Alter von fünf Jahren. Mit Mitte vierzig befand er sich in einer beruflichen Situation, die ihm für das Rentenalter, höchstwahrscheinlich aber schon spätestens mit Mitte fünfzig ein finanziell sorgenfreies Leben bescheren würde.

Sein Hobby, die Fliegerei, war zwar vergleichsweise kostspielig, aber bei der Höhe seines monatlichen Einkommens stellte sich das nicht wirklich als Problem dar.

An diesem wunderschönen, sonnigen Freitagmorgen konnte Michael aus seinem Büro direkt auf den Englischen Garten blicken, der ihn insbesondere deshalb faszinierte, weil der Rauhreif aus den ohnehin schneebedeckten Bäumen und Sträuchern bizarre Formen gezaubert hatte, welche ihn schon seit seiner Kindheit immer beeindruckt hatten. Durch das Sonnenlicht erschienen sie ihm jetzt umso funkelnder, so, als ob die Landschaft aus Abermillionen von kleinen Brillianten bestünde. Er seufzte bei diesem überwältigenden Anblick, der einen durchaus vergessen lassen konnte, dass es ein Freitag, der Dreizehnte, war. Er beschloss, heute bereits zur Mittagszeit seine Arbeit zu beenden, um diesen herrlichen Tag gemeinsam mit seiner Familie zu verbringen.

Da galt es noch einige Aktiengeschäfte zu regeln, an einem kurzen Meeting teilzunehmen und die restliche Geschäftspost der Woche zu bearbeiten. Das dürfte also zeitlich machbar sein. Ohne zu zögern und hochmotiviert begab sich Michael sofort an die Arbeit, allerdings ohne in seinem Eifer zu bemerken, dass ein Brief seines Ablagestapels, der noch zu bearbeitenden Post, durch einen Windstoß vom Tisch geweht wurde und hinter der Heizung verschwand. Bis zum Meeting wollte er mit seiner Arbeit fertig sein, um danach schnell noch die Aktien verkaufen zu können, die er vor Jahren unerwartet von einem Onkel geerbt hatte. Sie hatten derzeit eine Höchstmarke erreicht, die es ihm erlauben würde, die letzte Hypothek seines Hauses zu tilgen - ein weiterer Schritt zu einem sorgenfreien Leben in absehbarer Zukunft.

Während des Meetings, in dem er ausnahmsweise heute nur Zuhörer sein durfte, weil sein Fachbereich in diesem Projekt eine eher untergeordnete Rolle spielte, wanderten seine Gedanken bereits zu seiner kleinen Tochter Jacqueline. Er stellte sich ihr überraschtes, ungläubiges Gesicht vor, und wie sie ihm freudestrahlend in die Arme laufen würde, wenn er schon zur Mittagszeit zuhause sein würde. In den letzten Monaten hatte er häufig auf Geschäftsreisen gehen müssen. Das war der Preis, den er momentan freiwillig zahlte, um seiner Familie eine Zukunft zu ermöglichen, wie er sie für wünschenswert hielt. Was konnte es Wichtigeres geben? Vor seinem inneren Auge sah er sich mit seinem Töchterchen im Schnee herumtollen. Dabei würde sie wie immer vor Vergnügen jauchzen, so wie im letzten Winter. Das war schon so lange her. Danach würden sie sich in eine Decke auf dem Wohnzimmersofa einkuscheln und dabei einen heißen Kakao trinken, den seine Klara jedes Mal brachte. Sie würden sich gegenseitig Geschichten erzählen, Zukunftspläne schmieden ...

Beinahe hätte Michael in diesen Gedankenspielen das Ende des Meetings verpasst, aber sein Tischnachbar knuffte ihm den Ellbogen in die Seite. Das war ihm wirklich noch nie passiert. Wahrscheinlich war er doch so langsam urlaubsreif.

Ein kurzer Blick auf die Uhr zeigte ihm, dass er sich beeilen musste, wollte er Jacqueline tatsächlich zum Mittagessen überraschen. Er verabschiedete sich schnell von den anderen Kollegen, die dabei waren, das soeben Gehörte in Fachgesprächen auszuweiten. Er murmelte etwas von „dringender Geschäftspost" und entschied sich dagegen, seinen Mantel von der Garderobe beim Pförtner abzuholen. Das wäre zu auffällig gewesen. Also strebte er direkt zum Fahrstuhl, der ihn in die Tiefgarage bringen würde - ohne weiteres Aufsehen. Auf dem Weg dorthin fiel ihm ein, dass er vergessen hatte, die Bank wegen des Aktienverkaufs anzurufen. Aber für heute war es wahrscheinlich sowieso schon zu spät, um dort noch jemanden zu erreichen. Montag würde er das auf jeden Fall sofort morgens nachholen.

Kurz nachdem er die Tiefgarage verlassen hatte, wurde ihm klar, dass seine Entscheidung vielleicht doch nicht so besonders gut gewesen war. Halb München war auf den Beinen oder im Auto. Er steckte hoffnungslos im Verkehr fest. „Schneckentempo" war noch geschmeichelt.

Als er schließlich am frühen Nachmittag zuhause eintraf, immerhin noch einige Stunden früher als normalerweise, stürmte ihm leider niemand entgegen. Keine Jaqueline, die er durch die Luft wirbeln konnte und dabei hatte er sich das so gewünscht. Auch als er die Tür öffnete, blieb es ungewöhnlich ruhig im Haus. Seine Rufe nach Klara und Jacqueline blieben unbeantwortet. Möglicherweise hatten sie sich mit Freunden aus dem Nachbardorf getroffen.

Spontan entschloss er sich, den verbleibenden Restnachmittag mit einem ausgiebigen Flug über die herrliche Winterlandschaft zu genießen. Nach wenigen Minuten erreichte er den kleinen Sportflughafen und stellte erleichtert fest, das sein Flugzeug startbereit und die Startbahn geräumt war. Der Rest war Routine.
Er genoss den Flug in vollen Zügen, als er mit seinem kleinen Sportflugzeug über die schneebedeckten, sonnenüberfluteten Wiesen,

Felder und kleinen Anhöhen flog. Es durchströmte ihn das wohlbekannte Glück, das er in derartigen Situationen immer verspürte. Er hatte das Gefühl, ein Stück des Himmels zu berühren.

Gefangen in diesem Glücksrausch entging ihm, dass sein Flugzeug permanent an Höhe verlor und sich mittlerweile einigen Baumwipfeln gefährlich näherte.
Das Letzte, was er spürte, war ein heftiger Aufprall, danach umgab ihn ein schwarzes Loch, jede Wahrnehmung und Erinnerung verschwanden schlagartig. Sein Flugzeug explodierte beim Aufprall.

Die Menschen hörten einen lauten Knall und sahen einen riesigen Feuerball aufsteigen. Die sofort zur Unglücksstelle geeilte Feuerwehr konnte das Feuer nur mühsam löschen. Michael wurde tot aus den Trümmern seines Flugzeuges geborgen.

Die Leute sagten später, dass er im Grunde Glück im Unglück gehabt hatte, denn so war ihm erspart geblieben, mitzuerleben, dass seine geerbten Aktien just an diesem Freitag, den Dreizehnten einen enormen Kurseinbruch erlitten hatten und praktisch wertlos geworden waren, was bedeutete, dass sein Traum vom schuldenfreien Haus ohnehin ausgeträumt war.

Beim Säubern seines Büros fand die Putzfrau einen Brief hinter der Heizung:

Lieber Michael,
unsere Ehe erscheint mir sinnlos. Du bist nie hier, du arbeitest, als wäre dies deine einzige Aufgabe. Ich brauche einen Mann, der mir zur Seite steht, Jaqueline braucht einen Vater. Ich ertrage dieses Leben nicht mehr. Ich ziehe zu meiner schwerkranken Mutter. Vielleicht finden wir eines Tages wieder zusammen, aber jetzt will ich weg. Hast du vergessen, wie es war, als wir uns noch liebten?
Deine dich ewig liebende Klara

Der Brief landete im Papierkorb, der Empfänger war verstorben.

Insofern konnte man auch nicht sagen, dass Freitag, der Dreizehnte, für alle Beteiligten ein Unglückstag gewesen sei.

Lediglich die kleine Tochter verstand die Welt nicht mehr - aber selbst das würde sich mit der Zeit legen.

Grusel Fusel

Nichts für trockene Gemüter

Robert Heinzel

Es störte mich nicht weiter, dass der alte Mann neben mir übel roch. Ich bestellte mir noch ein Bier, er sich irgendetwas Härteres. „Bitte sehr, Monsieur Dubios“, meinte der Barkeeper, als er ihm einen Longdrink reichte. Ich zündete mir eine Zigarette an und hing meinen Gedanken nach. Ab und zu sah ich zu dem alten Mann neben mir hinüber.

Er sah nicht gerade gut aus. Seine Gesichtsfarbe war eine Mischung aus bleich und grau, er hatte kaum noch Haare, sein Anzug war verschlissen und muffelte, seine Hände knochig und zittrig. Es hätte mich nicht gewundert, wenn er von seinem Hocker fiele. Er kippte sich auch einen Longdrink nach dem anderen rein.

Fünf Bier und zwölf Zigaretten später beschloss ich, zu zahlen und den Heimweg zu finden. Vor der Kneipe schlug mir die klare, kühle Luft der Nacht entgegen. Ich blieb kurz stehen, um mich zu orientieren und mir eine neue Zigarette anzuzünden. Dann bog ich in die Avenue des Monstres. Ich schlenderte vorbei an altehrwürdigen Häuserzeilen, geschlossenen Läden und Neonreklamen die spärlich beleuchtete Straße entlang. Lässig schnippte ich den Stummel meiner Zigarette über eine alte Mauer. Da bemerkte ich, dass hinter ihr ein Friedhof lag. Die Außenmauer war genauso verfallen wie die meisten seiner Grabstätten, sodass mir der Eintritt ein Leichtes war. Das kalte Licht des Vollmonds beleuchtete klar die Szenerie, somit fand ich mich gut zurecht.

„An einem Freitag, den Dreizehnten, über einen dunklen Friedhof zu spazieren, hat bestimmt einen eigenen Reiz“, dachte ich bei mir.

Ich schlenderte auf Kieswegen über den Cimetière, vorbei an halb verrotteten Familiengruften und stummen Grabsteinen, die von der Zeit langsam zernagt wurden. Auf einer Bank nahm ich Platz und ließ die Umgebung auf mich wirken. Sanft vergoss der Mond sein Licht über jahrhundertealte Eichen, die sich anmutig dem Dunkel des Nachthimmels entgegenreckten.

Mein Blick blieb an einer nahegelegenen, prunkvoll in Stein gemeißelten letzten Ruhestätte hängen. Gebieterisch ragte die private Gedenkkapelle irgendeiner reichen Familie empor. Mit ihren spitzen, schmalen Giebeln thronte sie wie die Miniaturausgabe einer großen Kathedrale über den anderen Familiengruften. Das schmale, hohe Eingangstor war stark ramponiert – ein Türflügel stand offen, der andere lag ausgehängt daneben. Durch ein Rosettenfenster an der Rückwand schien das Mondlicht in die Gruft und zur Tür wieder hinaus.
Amüsiert zündete ich mir eine weitere Zigarette an und betrachtete das repräsentative kleine Gebäude

genauer. Ich stellte mir vor, dass dort Begrabene erwachen, schlaftrunken durch die Tür stolpern und die nächste Kneipe aufsuchen. Der Zustand der Tür sah mir auch schwer danach aus. Ich nahm noch einen Zug und genoss die schauerliche Atmosphäre.

Aus den Schatten tauchte langsam ein Auto auf. Das brummende Geräusch des Motors zerbrach das eiserne Schweigen, welches über den Gräbern ruhte. Ein Paar Lichtkegel zog über mein Gesicht und verweilte anschließend. Ich erkannte ein Taxischild und den Umriss eines Mannes. Als das Taxi abfuhr, konnte ich das Nummernschild lesen. Es begann mit „MD 666“. Der Fahrgast schwankte die Friedhofsallee entlang, in meine Richtung.
Fieberhaft überlegte ich, was ich tun sollte. Ich wollte nicht entdeckt und in ein Gespräch verwickelt werden. Die Person hielt weiterhin auf mich zu. Hatte sie mich bereits wahrgenommen? Allerdings schien sie mit der Aufgabe des Geradeausgehens vollauf beschäftigt zu sein. Ich konnte die Situation nicht zuverlässig einschätzen. Allerdings war ich mir sicher, gesehen zu werden, wenn ich mich jetzt bewegte. Also entschloss ich mich fürs Stillhalten, in der Hoffnung, damit nicht wahrgenommen zu werden.

Je näher der Fahrgast kam, desto nervöser wurde ich. Torkelnd blieb er, den ich inzwischen als älteren Mann identifizieren konnte, einen Moment stehen. „Zumindest sitzt du nicht direkt am Weg“, sagte ich in Gedanken zu mir selbst, um mich zu beruhigen. Ich saß auf einer Bank, die etwas abseits im Schatten eines großen Baumes stand. Oder sollte ich mich doch noch leise und möglichst unbemerkt davon machen, um einer Konfrontation vorzubeugen? Doch ich war inzwischen neugierig geworden. Was hatte dieser besoffene Typ hier nur mitten in der Nacht zu suchen? Die selbe Frage konnte ich mir allerdings auch selber stellen. Jetzt stand er nur noch etwa fünf Meter vor mir, keuchte schwer und schien sich auf irgendetwas zu konzentrieren. Er starrte die Friedhofsallee entlang, blickte unschlüssig auf die Grabmäler. Ich hielt den Atem an.

Unbeholfen setzte er seinen Weg fort. Nach zehn Metern drehte er um, stolperte einige Schritte den Kiesweg zurück, hielt noch einmal wankend inne, stapfte auf die kleine gotische Grabkapelle zu, fiel unbeholfen durch den demolierten Eingang des Häuschens und verschwand in ihm.

Verblüfft starrte ich hinüber, wollte mir gerade eine neue Zigarette anzünden, als er wieder heraus fiel - genauso ungelenk wie zuvor. Schwankend und mit schweren Schritten kam er auf mich zu. „Mist, jetzt hat der Kerl mich doch entdeckt“, schoss es mir durch den Kopf.

„Du da!“, rief er mir mit lauter, rauer Stimme zu. Ich war wie versteinert, mein Herz drohte stehen zu bleiben. „Haste `ne Zigarette?“

"Ja klar, kein Stress, alles klar", stammelte es überrascht aus mir heraus. Er kugelte sich neben mir auf die Bank, fiel dabei fast wieder herunter. Mit zitternden Händen reichte ich ihm eine Zigarette rüber und gab ihm Feuer.
„Ah, das tut gut", krächzte er.
Jetzt erkannte ich ihn wieder. Es war der seltsame Alte, der sich in der Kneipe voll geschüttet hatte.
„Wohnste auch hier?", fragte er.
„Nein. Bin Tourist", antwortete ich knapp, von der ganzen Situation noch immer etwas überfordert. Ich fürchtete, mit einem Vampir, Zombie oder dergleichen zu tun zu haben. Also begann ich zu grübeln, wie ich es am geschicktesten anstellen könnte, dies heraus zu finden. Natürlich war mir klar, dass ich ihn das nicht so direkt fragen konnte.
„Wie lange wohnen Sie denn schon hier?", fragte ich vorsichtig.
„Ach", entgegnete er und atmete langsam den Rauch seiner Zigarette durch die Nase aus. „So etwa drei Jahre, oder vier. Na, lass es fünf sein."
Mit meiner Frage hatte ich seinen Redefluss geweckt, denn er begann mir nun mehr von sich zu erzählen.
„Weißt du...", begann er seine Rede, „da war diese dumme Geschichte. Ich bekam einen neuen Chef in der Firma. Der wollte den Laden auf Profit bringen. Wir gerieten aneinander. Er meinte: du kannst gehen. Von da an hab' ich gesoffen, etwas mehr als sonst. Da hat meine Alte zuhause angefangen, deswegen Stress zu machen, etwas mehr als sonst. Als sie am Schluss ausgezogen ist, meinte sie nur

noch: für mich bist du tot! Das muss man sich mal vorstellen.“ Er nahm einen kräftigen Zug. „Nach einiger Zeit auf der Straße kam's mir: wenn ich tot bin für die Leute, kann ich auch gleich da hin gehen, wo tote Leute hingehören.“ Wieder zog er fest an seiner Zigarette. „Ich bin übrigens nicht der einzige hier“, erklärte er mir. Etwa ein Dutzend Leute fielen ihm ein, welche ebenfalls hier „residierten“, wie er es nannte.

„Wovon leben sie denn hier?“, fragte ich neugierig.

„Ach, tagsüber kann man betteln, Freunde geben was. Außerdem geh' ich öfter mal Blut spenden. Deswegen bin ich immer so blass, hahaha! Du hast doch nicht etwa gedacht, dass ich ein Vampir oder so etwas bin, oder? Aber wenn du mich küsst, verwandle ich mich in eine schöne Prinzessin und habe ganz viel Geld.“

Er formte seinen Mund entsprechend und wartete. Um dieser unangenehmen Situation zu entkommen, stellte ich ihm schnell eine weitere Frage.

„Wie können Sie sich denn Taxi und Kneipenbesuche leisten, so ganz ohne Arbeit?“ Ich konnte nicht glauben, dass man als Mensch so leben kann.

„Freunde von früher“, erklärte er knapp und begann in ein lautes Husten auszubrechen.

„He du, haste ne Zigarette?“

Ich gab ihm erneut eine aus, denn ich wollte es drauf ankommen lassen. Vielleicht würde er sich doch noch verplaudern, ein Vampir oder dergleichen zu sein. Ich wäre einer der wenigen Menschen, die einen Vampir interviewt hätten. Ich könnte ein Buch schreiben, das würde sich sicher

gut verkaufen, dachte ich bei mir. Da begann er, aus seinem Leben zu erzählen. Wie die meisten älteren Leute erzählte er ausgiebig, am liebsten von früher und von sich selbst. Erneut näherten sich Scheinwerferkegel, gefolgt von Personen. Ich machte ihn darauf aufmerksam und nahm an, es seien weitere Anwohner, von welchen er erzählte. Doch sein Gesichtsausdruck wurde ernst.
„Schnell, hau ab!", meinte er. „Verdrück dich, solange du kannst. Sieh zu, dass du den Friedhof verlässt!" Damit verschwand er zwischen den Gräbern, teils auf allen Vieren.

Ich versuchte einen klaren Gedanken zu fassen und mich zu erinnern, aus welcher Richtung ich gekommen war. Also trabte ich die Alleen des Friedhofs entlang, in der Hoffnung bald die Mauer zu finden. Doch es gestaltete sich als schwieriges Unterfangen. Das Friedhofsgelände erwies sich als weitläufiger, als ich angenommen hatte. Immer wieder kam ich an Kreuzungen und Rondelle, von denen mehrere Wege abzweigten. Das Gekläff von Hunden klang zu mir herüber. Ich versuchte klar zu überlegen, doch die Strahlen von Suchscheinwerfern kamen mir bedrohlich nahe. So rannte ich blindlings weiter. Auf der Flucht vor dem Licht, fühlte ich mich wie eine zufällig in eine Situation geratene Person, die etwas entdeckt hatte, was nicht für ihre Augen bestimmt war. Ich hatte wirklich Angst.

Ich verließ die breite Friedhofsallee und bog in einen der zahlreichen schmalen Wege, die zwischen den

Gräbern verliefen, in der Hoffnung, ein geeignetes Versteck zu finden. Eigentlich müsste ich nur konsequent in eine Richtung laufen, doch immer wanden und bogen sich die Wege. Unvermittelt traf mich ein Scheinwerferstrahl von vorne, ich lief genau auf ihn zu. Panikartig schlug ich mich in die Büsche, stolperte über Gräber, blieb im kratzigen Gebüsch hängen.

Ich warf mich herum und begann in die andere Richtung davon zu hasten. Ohne Rücksicht sprang ich über Grabplatten, zwängte mich vorbei an steinernen Engelfiguren, wich rot flackernden Grablämpchen aus, immer geradeaus, um nicht die Richtung zu verlieren. Ich wollte diesem Alptraum mit allen Möglichkeiten entkommen.
Doch das Gekläff der Hunde und die Stimmen schienen immer direkt hinter mir zu sein. Da tauchte die alte, verfallene Friedhofsmauer vor mir auf. Ich beschleunigte, hielt genau darauf zu, sprang, machte zwei Schritte und blieb oben liegen. Im Schnittpunkt mehrerer Scheinwerfer sprangen kläffende Hunde bis an meine Füße. Ich strampelte, mühte mich über die Mauer und sprang auf den Gehsteig.

Ich landete wohlbehalten vor zwei Polizisten. Ich freute mich sie zu sehen, erzählte keuchend von meiner Verfolgung. Sie schlugen vor, mich in Sicherheit zu bringen. Auf der Rückbank ihres Wagens nahm ich Platz, wurde zur Polizeistation gefahren. Sie versprachen, dass ich am nächsten Morgen meine Geschichte erzählen dürfe.

Ehe ich mich versah, fiel das Schloss der Zelle hinter mir zu und ich saß fest. Verdutzt ließ ich mich auf der harten Pritsche nieder, die beiden Polizisten verschwanden. Erschöpft von der Flucht und meinem Kneipenbesuch musste ich kurz eingedöst sein, als das Quietschen und Scheppern der Gittertür mich weckte und eine weitere Person in meine Zelle geschubst wurde.
Hustend und schimpfend fiel ein alter Mann auf das andere Bett dieser Zelle. Ein übler Geruch machte sich breit. An Stimme und Kleidung erkannte ich ihn wieder. Es war der Alte vom Friedhof und aus der Kneipe. Nachdem er mit seinen Beschimpfungen der Beamten endlich fertig war, legte er sich hin. Als sich das erste Morgengrauen in die Zelle schlich, schlief ich endlich ein.

Unsanft wurde ich aus meinem Schlaf gerüttelt. Zuerst dachte ich, dass die Beamten mich zum Verhör holen wollten, um mich frei zu lassen. Doch es war die Stimme des Alten.
„Hassu'n Schluck?! Gib her!! Gib endlich her den Stoff!! Nur'n Schluck!!!“ Eine Hand hatte mich am Nacken gepackt, die andere schlug meinen Kopf an das Eisengestell meines harten Nachtlagers. Noch bevor ich richtig zu mir kam, trat ich wieder weg.
Als ich schließlich erwachte, sah ich in das Gesicht eines jungen, hübschen Mädchens. „Er hat sich wieder normalisiert“, meinte sie, während sie noch an mir herumtupfte.
„Ich bin normal“, sabberte ich ins Kissen, zum Sprechen noch nicht fähig. „Die Verletzungen am Hals sind fürs Erste versorgt“, sagte sie noch.

Erschrocken überlegte ich, was passiert sein könnte. War ich von einem Ungeheuer der Nacht gebissen worden, oder zu einer Alkoholleiche mutiert? Einige Tage später wurde ich aus dem Krankenhaus entlassen. Ich bekam eine Bestätigung über begrenzte Arbeitsfähigkeit. Kurz gesagt: Ich hatte meinen Job verloren.

***

„Wie lange wohnen Sie schon hier?“, fragte der junge Bursche neben mir auf der Bank.

„Ach...“, überlegte ich, „so zwei Jahre oder drei. Ich bin übrigens nicht der einzige hier.“ Ich zeigte ihm die Bleibe von Monsieur Dubios sowie ein Dutzend weitere Grabstätten, nannte die Namen ihrer Bewohner. Er stellte noch weitere Fragen, da suchten sich plötzlich zwei Scheinwerfer in unsere Richtung. „Die Polizei! Schnell, hau ab!“, forderte ich ihn auf. „Sieh zu, dass du den Friedhof verlässt!“ Als der Strahl eines Lichtkegels auf ihn fiel, rannte er los.

Ich verkroch mich in mein Versteck. Von dort aus konnte ich Monsieur Dubios beobachten, wie er schwerfällig versuchte, sich zu verkriechen. Er fluchte laut vor sich hin, da er wie immer viel zu lahm war. Ich lehnte mich zurück, in der Gewissheit sicher zu sein. Laut fluchend wurde er von den Beamten abgeführt. Es war bereits das zwölfte Mal seit ich hier wohnte.

„Zwölf zu eins“, meinte ich in die Runde, als ich meine Stammkneipe betrat. Dreckiges Gelächter machte sich breit. Dort saßen bereits die Bewohner der anderen Grabstätten, tranken irgendetwas Hartes oder drehten Tabakreste zu neuen Zigaretten.

„Der alte Dubios lernt's auch nicht mehr“, erwiderte der Barkeeper und servierte mir einen Longdrink.

Kindermädchen gesucht

Kornelia Frenzel

Karin Keller ist Witwe und hat drei Kinder. Sie arbeitet in Schicht und oft auch am Wochenende. Darum ist sie auf ein Kindermädchen angewiesen, das sich während ihrer Arbeitszeiten um die Kinder und den Haushalt kümmert. Ihre Kinder haben eine eigene Vorstellung von einem guten Kindermädchen. Wenn ihnen ein Mädchen nicht gefällt, ist ihnen jedes Mittel recht, um sie wieder loszuwerden. Das letzte Kindermädchen hat es gerade mal vier Wochen ausgehalten und hat heute Morgen gekündigt. Genervt setzte Karin die fünfte Anzeige innerhalb eines Jahres in das Online-Forum des Stadtanzeigers und hoffte, dass sich endlich eine kompetente Frau meldet, die ihre Kinder mochten.

Schon am nächsten Morgen hatte sie eine E-Mail in ihrem Postfach. Eine P. Schmidt wollte sich bei ihr vorstellen. Innerhalb von 5 Minuten stand der Vorstellungstermin fest: Freitag um drei Uhr. Sie trug den Termin in ihren Kalender ein und bemerkte erst jetzt, dass sie sich mit dem neuen Kindermädchen am Freitag, den 13. verabredet hatte. Das konnte ja nur schief gehen!

Pünktlich um drei klingelte es. Karin öffnete nervös die Tür und erstarrte mit offenem Mund. Vor ihr stand ein gut aussehender junger Mann. Sie war sicher gewesen, dass P. für Petra, Paula oder einen anderen Mädchennamen stand. Doch die vermeintliche Petra hieß Peter. Was hatte sie auch

einem Freitag, den Dreizehnten, erwartet?
Peter erklärte ihr, dass er einen Nebenjob sucht. Er sei Schriftsteller und schreibe ein Buch über eine junge Familie. Doch dazu müsse er auch Kontakt zu einer Familie haben. Ihm mache Hausarbeit nichts aus und er mag Kinder. Karin war hin- und hergerissen. „Ich weiß nicht", sagte sie.
„Geben Sie mir eine Chance", erwiderte Peter. „Die erste Woche arbeite ich umsonst."
Karin lachte. „Einverstanden."
Hinter ihr brach lauter Jubel aus. „Solltet ihr nicht in eurem Zimmer bleiben?", fragte sie seufzend. „Das sind die drei Rabauken. Darf ich vorstellen: Peter, euer neues Kindermädchen."
Die Kinder mochten den männlichen Hausgeist vom ersten Moment an.
Karin hatte mit der Zeit das Gefühl, dass Peter ihr nicht ganz die Wahrheit gesagt hatte. Vielleicht war er verheiratet, hatte auch Kinder und suchte nur ein Abenteuer mit ihr? Doch mit seiner Arbeit war sie sehr zufrieden. So gut hatten es all die Frauen vor ihm nicht gemacht. Er gefiel ihr und sie spürte, dass er für sie und ihre Kinder ein guter Freund geworden ist.

Als die Einliegerwohnung im Haus frei wurde, fragte er, ob er dort einziehen könne. Mit seinem Einzug verflogen ihre Zweifel und sie spürte immer häufiger ein angenehmes Knistern zwischen ihnen. Sie hätte nicht geglaubt, dass sie sich noch einmal verlieben würde. Schmetterlinge wirbelten in ihrem Bauch und sie hatte das Gefühl, auf Eiern zu laufen. Auch Peter verbrachte jetzt mehr Zeit

mit Karin und den Kindern. Seine lieben Augen verfolgten jede ihrer Bewegungen.
Eines Abends wollte sie es genau wissen. Bevor Peter die Wohnung verließ, bat sie ihn in die Wohnstube zu kommen. Karin holte eine Flasche Wein, löschte das Stubenlicht und zündete Kerzen an. Peter nutzte die romantische Stimmung, umarmte Karin und küsste sie. Hitze überflutete ihren Körper und ihr Atem stockte. Karins Herz raste und sie dachte, gleich zerspringt es vor lauter Glück. „Ich liebe dich. Es war nicht Liebe auf den ersten Blick, aber im Laufe der Wochen habe ich mich in dich verliebt. Ich bin so gern mit dir und den Kindern zusammen und ich wünsche mir, dass es immer so bleibt."
„Ich sehne mich auch nach Liebe und Geborgenheit. Ich liebe dich." Mit diesen Worten küsste sie Peter heiß und leidenschaftlich.
Hinter der Stubentür brach Jubel aus. „Ihr neugierigen Lauscher!", rief Karin und öffnete die Tür. „Jetzt aber ab ins Bett mit euch!" Die Kinder gingen folgsam in ihre Zimmer und freuten sich, bald einen neuen Papa zubekommen.
Am Wochenende feierten sie ihre Verlobung. Überlegungen jeglicher Art, wer Peter sei, waren damit nun endgültig beendet. Die Einliegerwohnung behielt er als Arbeitszimmer und bei Bedarf wurde sie als Gästezimmer verwendet.

Die Hochzeit wurde für Freitag, den 13. Juli 2007 geplant. Am Freitag, den 13. Januar 2006 hatten sie sich kennen gelernt und dieser Tag sollte ihnen auch in Zukunft Glück bringen.

Das kann doch nur ein Glücks-tag sein

Patrizia Bornemann

Eine wahre Geschichte

Noch verschlafen reibt Patrizia ihre Augen. „Was ist?" Etwas ungeduldig rüttelt ihr Vater an ihren Schultern. „Steh bitte auf, du brauchst heute nicht in die Schule, aber du musst die Jungens rüber zu Tante Ella bringen." Tante Ella war eine Bekannte ihrer Eltern und wohnte im Nachbardorf Prezelle circa drei Kilometer entfernt. Fragend sieht sie ihren Vater an: „Warum weckst du mich, wo ist Mama?"
„Und warum soll ich die Jungs weg bringen?" Angst steigt in ihr hoch, ist was mit Mama?
Beruhigend nimmt ihr Vater sie in den Arm. „Nein, nichts Schlimmes, nur, ich glaube, das Baby kommt heute!
Patrizia lacht mit gemischten Gefühlen: „Wird es diesmal ein Mädchen?", fragt sie den Vater, der zuckt mit den Schultern.

„Patrizia hatte schon drei Brüder, jetzt hoffte sie inständig auf eine Schwester.

„Aber nun zieh dich schnell an, du frierst ja schon." Schnell schlüpft Patrizia in ihre warme Wollstrumpfhose, zieht ihren bunt gestrickten Lieblingspullover und ihre warme Cordhose drüber. So, das wird wohl warm genug sein, denkt sie, gut dass Oma so gut stricken kann. Eigentlich mag sie keine gestrickten Sachen mehr, ihre Klassenkameraden tragen schon Jeans, aber da ihre Eltern nicht so viel Geld haben, muss Patrizia viele Sachen von ihrer Cousine auftragen, was ihr bis jetzt nichts ausgemacht hat. Bei dieser Kälte ist sie froh, so warm angezogen zu sein.

An den Fenstern haben sich Eiskristalle gebildet. Patrizia haucht mit ihrem warmen Atem ein Loch an die Fensterscheibe, durch das sie hinaus sehen kann. Draußen hat es schon die ganze Nacht geschneit. Die Straßen waren durch den vielen Schnee nicht zu befahren. Also auch der Schulbus nicht.

Patrizia wohnt mit ihren Eltern und ihren drei Brüdern in einem alten Bauernhaus in Norddeutschland. In diesem alten Haus gibt es noch keine Heizung, die Zimmer werden durch einen Holzofen in der Küche geheizt.
Patrizia läuft in das Schlafzimmer ihrer Eltern. Dort liegt ihre Mutter im Bett und lächelt sie an. „Hey Mama, wie geht es dir,“sie streichelt ihr über die Wange: „Wann ist das Baby denn da?"

Ihre Eltern lachen. „Das kann noch Stunden dauern“, antwortet die Mutter. „Du kannst aber nach dem Frühstück mit Hans und Wolfgang losgehen zu Tante Ella. „Du musst den Schlitten nehmen und zieh die Kinder warm an.“
Patrizia ist die große Schwester, die schon viel

zu viel Verantwortung übernehmen muss. Aber sie ist es nicht anders gewohnt, als zu gehorchen. Viel zu oft ist ihre Mutter durch die ständigen Schwangerschaften krank oder überfordert.
„Ach bitte, lasst mich doch hier bleiben", bettelt sie. „Ich kann dir doch helfen." Sie schaut in das Gesicht ihrer Mutter, welches sich gerade Schmerz verzerrt. Schnell nimmt sie ihre Hand und legt sie auf den Bauch. „Oh, der ist ja ganz hart."
Die Mutter stöhnt: „Geh jetzt besser." Zu ihrem Vater gerichtet: „Wann kommt denn die Hebamme endlich. Jetzt warten wir schon drei Stunden auf sie, die Wehen werden immer kürzer und heftiger."
„Das muß am Wetter liegen", antwortet der Vater, „draußen liegt meterhoch der Schnee, da ist mit dem Auto kein Durchkommen.
„Dann musst du sie eben mit dem Traktor holen", antwortet ihre Mutter. Also den ganzen Plan umwerfen. „Wenn ich jetzt weg bin, muss wenigstens Patrizia zu Hause bei dir bleiben. Ich geh eben zu Bauer Heinrich rüber, vielleicht kann er mit dem Schneepflug vorfahren. Auf dem Weg kann ich auch die Kinder bei Ella abgeben. Der verfluchte Schnee, muss es gerade heute Nacht so zuschneien", flucht ihr Vater. „Der Arzt ist auch nicht zu erreichen. Durch den starken Schneefall ist bestimmt der Telefonmast gebrochen." Patrizias Vater war heute früh schon beim Bürgermeister im Dorf, der ist der Einzige, der ein Telefon hat.

Nun ist Patrizia mit ihrer Mutter allein. „Mama, was soll ich jetzt tun?", fragend sieht sie ihre Mutter an. Da es bereits das fünfte Kind in der Familie ist,

bleibt die Mutter ganz gelassen: „Du kannst schon mal Wasser im Kessel warm machen, wiiiiir." Sie kann nicht weiter sprechen, denn sie wird von einer heftigen Wehe gepeinigt. „Oh, es scheint doch schneller zu gehen, als ich dachte. Wir brauchen sehr viel heißes Wasser und leg bitte noch Holz im Ofen nach."
Patrizia macht alles, wie ihre Mutter gesagt hat. Leise setzt sie sich wieder an das Bett der Mutter, die die Augen geschlossen hält. „Ich schlafe nicht, meine Große", zärtlich streichelt sie über Patrizias Wange. „Tut mir leid, dass du das jetzt schon miterleben musst. Hoffentlich kommt Papa bald mit der Hebamme!"

Die Zeit vergeht und niemand kommt. Draußen ist kein Laut zu hören, der Schnee verschluckt sämtliches Leben, ab und zu wird diese Stille nur durch das Stöhnen der Mutter und das Ticken der großen Wanduhr unterbrochen. Auf einmal geht alles sehr schnell, die Mutter ruft: „Schnell, leg mir ein paar Kissen ins Kreuz und hilf mir, nimm die Decke beiseite." Sie packt ihre Oberschenkel und fängt laut an zu pressen, der Schrei bleibt ihr gurgelnd in der Kehle stecken. Patrizia fängt an zu weinen, was soll ich tun? Nie, nie will ich Kinder bekommen, denkt sie. Da sieht sie auch schon das Köpfchen von dem Kind, ein Schrei, alles ist voll Blut und schwupp ist das Kind raus. Lieber Gott, lass Mama nicht sterben, denkt sie noch, da hört sie die Stimme ihrer Mutter. "Patty, schau mal, es ist ein Junge." Patrizia macht die Augen wieder auf und sieht ein blutverschmiertes Etwas, das kräftig schreit. Oh, wieder ein Junge, sie hätte doch so gerne ein Schwesterchen! Ihr bleibt nicht viel Zeit zum traurig sein. „Bitte bring mir das Nähgarn und die Schere", sagt die Mutter. Mit flinken Fingern bindet sie die Nabelschnur ab, „Komm her, Patty, du darfst jetzt die Nabelschnur durchschneiden."

Vorsichtig wickelt die Mutter den Kleinen in ein Handtuch, da geht die Tür auf und der Vater kommt mit der Hebamme herein „Ihr seid leider zu spät", strahlt Patrizia, „ich hab den Kleinen schon abgeschnitten." Alles lacht. Der Vater küsst die Mutter und zwinkert, „na, wieder ein Bogenpisser. Wenn das so weiter geht, haben wir bald eine Fußballmannschaft zusammen." Die Hebamme wendet sich an Patrizia: „Bei so einer tollen Ersatzhebamme konnte ja nichts schief gehen. Jetzt kann ich ja hier weiter machen, wie soll denn der Kleine heißen?"
Patrizia durfte den Namen aussuchen. „Christian, soll er heißen! Und ich hab genau auf die Uhr geschaut, es war siebzehn Uhr und fünfzehn Minuten."
„Es war genau siebzehn Uhr dreizehn", sagt die Mutter und zwinkert, „du hattest ja noch die Augen zu. Und heute ist auch noch Freitag, der Dreizehnte. Das kann doch nur ein Glückstag sein."

Nicht daran denken

Cornelia Pforr

Abschließen, ausschließen, beenden,
zumachen,

SCHLUSS!

Nicht mehr denken,

nicht mehr jetzt!

Nicht mehr grübeln, forschen, wühlen.

Das Hirn zermartern!

Sonst kommt die Angst!

Die Angst vor dem 13. Tag des Monats!

Wenn dieser ein Freitag ist!

Sein ganzes Glück

Cornelia Pforr

Als er sie das erste Mal sah und sie ihm ihre kleine, kesse Nase entgegenstreckte, verliebte er sich sofort und er wusste, dass sie sein Sonnenschein sein würde. Lilly, seine Tochter!

Da lag dieses winzige, zerbrechlich aussehende Wesen in seinen Armen. Der unverwechselbare Babyduft zog durch die Luft und Ingo stiegen die Tränen in die Augen.

Freitag, der Dreizehnte. Der Geburtstag seiner Kleinen. Für ihn der aufregendste und bewegendste Tag seines bisherigen Lebens. Er drückte Lilly einen zarten Kuss auf die Stirn und blitzartig kamen ihm verschiedene Ereignisse der vergangenen Jahre in den Kopf.

Er hatte so manches Pech gehabt an diesem Datum!

Da war die Sache mit seinem Motorrad. Gerade den Führerschein in der Tasche, schenkte ihm sein Großvater eine 250er Honda. Ingo stieg voller Stolz auf und hatte vor, vom Bauernhof seiner Großeltern zur Dorfkneipe zu fahren. Der Vorplatz war, wie sicherlich in jeder kleinen Gemeinde, Treffpunkt für die Dorfjugend und Ingo wollte den Kumpels sein Bike vorführen.
Seine Großmutter versuchte ihn zurückzuhalten: „Du solltest vielleicht doch erst morgen früh deine

erste Fahrt machen, Junge. Denk dran, es ist Freitag, der Dreizehnte, und da sollte man auf der Hut sein. Es kann viel passieren. Ich verlasse an diesem Tag nie den Hof und tue nur das Nötigste", hatte sie zu ihm gesagt. Ihr Mann zog die Augenbrauen hoch und zwinkerte seinem Enkel zu.
„Ach, Omi, hör doch mit diesem abergläubischen Zeugs auf. Ich glaub nicht daran. Tschüss, bis nachher."

Ingo setzte seinen Helm auf, winkte seinen Großeltern noch kurz zu und fuhr los. Er ließ es langsam angehen, als er den Gasgriff seiner nagelneuen Maschine drehte. Schließlich musste er sie erst einfahren und konnte nicht sofort voll aufdrehen, was er natürlich liebend gern getan hätte.

So fuhr er gemächlich durch die Hofeinfahrt auf die Straße hinaus. Die Sonne schien und es roch frühlingshaft. Genau das richtige Wetter zum Motorradfahren, dachte Ingo noch, als er sich in die Kurve legte. Den zahlreichen Kuhfladen, die er plötzlich auf der Straße entdeckte, konnte er nicht mehr ausweichen. Seine Maschine „schmierte ab", Ingo fuhr in den Acker und legte sich samt der Honda in den Dreck.
Er hatte einen gehörigen Schreck bekommen, doch als er merkte, dass ihm nichts weiter wehtat, rappelte er sich auf und „untersuchte" seine Maschine. Auch die war, so sah es auf den ersten Blick aus, heil geblieben.

Allerdings ziemlich schmutzig. Ingo stieg gleich wieder auf und fuhr nach Hause.
Seine Großmutter konnte sich natürlich nicht verkneifen, ihm ein „Na, hab ich`s nicht gesagt“, entgegenzurufen, als ihr Enkel auf den Hof gefahren kam.

Jetzt, da Ingo seine Tochter im Arm hielt und ihm dieses Erlebnis in den Sinn kam, dachte er auch voller Zuneigung an seine Großmutter. Sie war schon vor vielen Jahren gestorben und konnte diesen Glückstag nicht mehr miterleben.

Lilly begann zu weinen und Ingo schaute seine Frau an: „Meinst du, sie hat Hunger?“ Tanja schüttelte den Kopf: „Das kann ich mir eigentlich nicht vorstellen. Ich habe sie gerade gestillt. Vielleicht braucht sie eine neue Windel? Schau doch mal nach.“

„So, meine Süße, da wollen wir doch mal gucken, ob du nass bist.“ Er trug Lilly zum Wickeltisch und legte sie dort ab. Sie hörte auf zu weinen und blinzelte in Richtung seines Gesichtes, dabei lächelte sie. Wirklich sehen konnte sie ihn ja noch nicht, schließlich war sie erst einige Stunden auf dieser Welt.

Doch schien ihr Ingos Stimme vertraut zu sein. Ihr Papa hatte ja auch seit Beginn der Schwangerschaft zu ihr gesprochen. Fast täglich streichelte er den dicker werdenden Bauch seiner Frau zärtlich und sprach zu dem darin wachsenden Kind:

„Ich weiß zwar noch nicht, was du wirst, aber ich habe dich jetzt schon sehr lieb und will dir ein guter Vater sein. Wir werden viel zusammen machen. Ich werde dir die tollsten Streiche beibringen und so manchen Blödsinn mit dir veranstalten. Dein Großvater hat das mit mir auch gemacht und ich fand es super."

Tja, sein Vater! Mit ihm hatte er eine Menge erlebt und eine wunderbare Kindheit verbracht. Noch heute verband die beiden eine tiefe Zuneigung und Wertschätzung. Ingos Vater und auch seine Mutter vermochten es, ihn so zu nehmen wie er war. Als Kind durfte er vieles ausprobieren und bekam so die Gelegenheit, selbstbestimmt die Welt zu erkunden und zu lernen.

Seine Eltern gaben ihm die Orientierung im Leben, setzten ihm die nötigen Grenzen und waren sehr konsequent in der Erziehung. Und das immer mit gleichbleibender Liebe, Zuwendung und Anerkennung für den Sohn. Besonders sein Vater zeigte stets Interesse an Ingo und dem, was ihn beschäftigte und bewegte.
Ingo hoffte sehr, dass ihm all das bei seiner Tochter auch gelingen würde.

Als er Lilly frisch gewickelt und ihr einen neuen Body angezogen hatte, dachte Ingo wiederum an das heutige Datum.

Freitag, der Dreizehnte, der würde wirklich nur noch als Glückstag in seinem Kopf sein und ihm

sicherlich keine Missgeschicke und Unglücke mehr bescheren. Ingo war sich dessen plötzlich ganz sicher.
Er wollte nämlich endlich loskommen von dem abergläubischen Zeugs.

Denn nach dem „Freitagereignis" mit seinem Motorrad und dem nötigen „Bearbeiten" seiner Großmutter diesbezüglich, war Ingo ziemlich zugespitzt auf dieses Datum. Er dachte dann jedes Mal an seine Großmutter, die fest daran glaubte, dass dieser Tag einem auf jeden Fall Pech bescheren würde.
Sie selbst wagte sich kaum aus dem Haus.

Obwohl er von seinen Eltern so offen und ohne Mystik erzogen wurde, hatte Ingo in diesem Punkt ein Problem. Er war unsicher an diesem Tag und wusste manchmal nicht, wie er ihn verbringen sollte.
Wie „auf Eiern" ging er aus dem Haus, schaute bei jedem Schritt auf seine Füße, um Ausrutschen, Stolpern und dergleichen zu vermeiden. Und genau das trat ein.

So erinnerte er sich noch genau an einen Dreizehnten, an dem er einen wichtigen Termin im Gericht hatte.

Ingo war als Referendar in einer Anwaltskanzlei tätig und fühlte sich dort sehr wohl. Er wurde von allen Mitarbeitern geschätzt und sein Chef übergab ihm bereits schwierige Fälle, da sich Ingo als sehr

kompetent zeigte.
Herr Junghans, der Seniorpartner, wandte sich kurz vor Dienstschluss an ihn: „Ingo, morgen findet der Prozess gegen Meyerlinck statt, bitte kommen sie um acht Uhr dreißig zum Gericht. Ich hätte sie gerne dabei."
„Super," dachte Ingo, „das ist ein ziemlicher Brocken und ich werde wieder ne Menge lernen können."

Dann kam ihm in den Sinn, dass der nächste Tag Freitag, der Dreizehnte, sein würde und seine anfängliche Euphorie schrumpfte auf ein Minimum zusammen.
Er konnte die Nacht kaum schlafen, aß nichts zum Frühstück und bewegte sich fast schwebend durch die Wohnung, weil er befürchtete sich zu stoßen oder andere Blessuren zu bekommen.
Naja, und dann geschah es. Ingo verließ rechtzeitig das Haus und „überwachte" jeden einzelnen seiner Schritte. Plötzlich knickte er mit dem rechten Fuß um, kam ins Trudeln und legte sich flach. Seine Laptop-Tasche flog in hohem Bogen davon und landete in einer Pfütze.
Zu allem Unheil riss er sich ein Loch in seine Anzughose und ratschte sich die Hand an einer Scherbe auf, die auf dem Bürgersteig lag.
Er hätte heulen mögen, so schlecht fühlte er sich, als er in seine Wohnung zurückging und sich schnell umzog.
„So ein Mist! Warum habe ich immer Pech an diesem Tag. Am liebsten würde ich mich wieder in mein Bett legen und dem Chef absagen."

Er tat dies natürlich nicht und machte sich auf den Weg zum Gericht. Vor weiteren Pannen blieb er an diesem Tag zum Glück verschont.

Lilly war inzwischen auf seinem Arm eingeschlafen und Tanja beobachtete vom Bett aus ihren Ingo. Sie schaute ihn liebevoll an und sagte: „Na, mein Schatz, was geht dir eigentlich die ganze Zeit durch den Kopf? Ich habe das Gefühl, es rattert nur so in deinen Gehirnwindungen. Stimmt`s?"

„Das kann man wohl sagen", erwiderte Ingo und warf seiner Frau einen Luftkuss zu. „Ich habe dir ja immer von meinen zahlreichen Pannen erzählt, die mich jeweils am Freitag, den Dreizehnten, ereilten. Bislang war dies mein absoluter Pechtag. Nun ist unser Sonnenschein genau an diesem Tag geboren. Lilly ist so unglaublich süß und ich kann gar nicht beschreiben, wie ich mich fühle. Allein, wenn ich sie anschaue, überschwemmt mich eine Welle von Glücksgefühlen und ich könnte sie pausenlos abküssen. Ich bin sicher, dass ich nie mehr Kummer an diesem Tag haben werde. Ganz im Gegenteil, ich freue mich schon jetzt auf all die Freitage, die noch vor uns liegen. Wenn wir mit ihr gemeinsam die Geburtstage feiern und es uns so richtig gut gehen lassen dabei. Ich kann es gar nicht abwarten! Nie hätte ich gedacht, dass mir dieser Tag mal so gefallen könnte!"

Mit diesen Worten legte er seine Tochter in ihre Wiege, deckte sie liebevoll zu und betrachtete sie noch lange.

… und die Nacht war noch unheimlicher

Susi Hahn

An diesem Tag bin ich wieder mal allein zu Hause, was hie und da vorkommt. Kein Mensch denkt an was Böses, aber schon am Morgen geht alles drunter und drüber.

Ich will mich nochmals im Bett umdrehen, um noch ein bisschen zu schlafen, öffne aber kurz meine Augen und siehe da, die Sonne strahlt schon zwischen den halboffenen Fensterläden durch.

„Was ist da los? Wie spät ist es denn?", denke ich und drehe mich auf die andere Seite, um auf den Wecker zu schauen. „Was? Schon halb neun? Jetzt habe ich aber wirklich mal ausgeschlafen!" In der Regel stehe ich so um halb acht auf, auch wenn ich nicht arbeite und das muss ich heute zum guten Glück nicht! Ich überlege, was ich heute alles unternehmen will. An einem so schönen Tag, mit strahlendem Sonnenschein, ist natürlich Gartenarbeit angesagt.

Aber zuerst wird gefrühstückt. Während ich mir meinen Einkaufszettel schreibe, fällt mein Blick auf den Kalender: Freitag, der Dreizehnte. Nach dem Frühstück gehe ich immer zuerst mein Postfach leeren und dann Einkaufen, mit dem Auto natürlich. Der Pfeil am Armaturenbrett leuchtet wieder auf! Es ist zwar eine belanglose Sache, aber es nervt. Und der Tank ist auch leer. Also zuerst zur Tankstelle. Benzin ist schon wieder teurer geworden.

Auf der Post, in meinem Fach liegt ein falscher Brief. „Können die denn nicht besser aufpassen?", brumme ich vor mich hin und bringe diesen Brief zum Schalter zurück.

Beim Einkaufen ist genau das Getränk, das ich kaufen will, nicht mehr am Lager, also entscheide ich mich für was anderes. Hmm, zu dumm.

Ich steige ins Auto und will losfahren. „Da steht doch einer an der Linksabbiegerspur viel zu weit rechts und blinkt nach links! Würde der links stehen, könnte ich schon lange weiterfahren! Wenn das so weiter geht, bin ich bis heute abend eine Ruine!", denke ich und fahre nach Hause. Ich räume das Eingekaufte in die Schränke, ziehe mir die Gartenschuhe an und begebe mich in den Garten. „Oh, nein! Eine Bohnenstange ist in der Mitte durchgebrochen. Auch das noch!", seufze ich vor mich hin und versuche dieses Unglück zu beheben, was mir dann auch gelingt.

Am Abend setze ich mich vor den Fernseher, bin aber eigentlich gar nicht in der Stimmung, nach so einem Tag noch die schlechten Nachrichten der Tagesschau, die ja eh immer nur von Krieg und Terror berichten, anzuschauen. Also stelle ich den Kasten wieder ab und entschließe mich, noch ein Bad zu nehmen, bevor ich mich ins Bett lege.

Aber auch das Bad hat was gegen mich! Ich liege gemütlich in der Wanne und plötzlich rumpelt es über meinem Kopf und es fällt etwas ins Wasser! Ich denke: „Was ist denn jetzt wieder los? Es ist doch keiner da! Ich bin ja alleine zu Hause! Und die Haustür habe ich auch abgeschlossen!"
Als ich nach dem ersten Schreck meine Augen wieder öffne, sehe ich, dass sich das Eckgestell, normalerweise zwischen Badewanne und Decke eingeklemmt, selbständig gemacht hat. Mit seinem gesamten Inhalt ist es in die Wanne gestürzt. Ich atme ein paar Mal tief durch und denke: „Gut ist's. Feierabend, hoffentlich war das der letzte Schock für heute!"

Das Wasser verlässt gurgelnd die Badewanne. In der Zwischenzeit trockne ich mich ab und ziehe den Bademantel über. Der Schaum wird runter gespült und das unheimliche Gestell bleibt in der Wanne, zum Abtropfen.

Endlich liege ich im Bett. Ich mache, wie meistens wenn ich alleine bin, zur Beruhigung noch ein Kreuzworträtsel. Dann lösche ich das Licht und „schau ins Kissen rein", wie man so schön sagt!

Ich weiss nicht, wie lange ich schon geschlafen habe, als mich ein Geräusch weckt. Es kommt aus der Wand, links von mir. Ich öffne die Augen, alles ist hell. Das kann gar nicht sein! Ich springe aus dem Bett vergewissere mich, ob der Fernseher aus ist oder ob ich vielleicht den PC nicht ausgeschaltet habe. Aber es ist alles ausser Betrieb.

Kopfschüttelnd lege ich mich wieder hin. Während ich noch überlege, was das wohl war, fallen mir die Augen wieder zu und ich schlafe weiter.

Plötzlich gibt's einen Knall, der Schreck reisst mich aus dem Schlaf. „Was war das? Hab ich geträumt?" denke ich, verkriech mich unter die Decke und versuche weiter zu schlafen. Da knallt es wieder! Und das krabbelnde Geräusch in der Wand, links von mir, ist auch wieder da. Ich öffne die Augen. Es ist immer noch so hell im Zimmer und an der Wand sieht man das Licht, wie es durch die halb offenen Fensterläden scheint. Dann bewegt sich ein Schatten an der Wand. Ob da wohl wer auf dem Balkon herumschleicht? Und das Geräusch in der Wand, was ist das? Jetzt bin ich hellwach. Es ist wieder ganz still. Mir läuft es kalt und heiss den Rücken runter. „Hab ich nur schlecht geträumt? Oder ist da wirklich was...?" Und wieder knallt's...! Und der Schatten an der Wand bewegt sich auch wieder! Und das Krabbeln hört man schon wieder in der Wand! Nein, ich habe keine Angst! Es kann niemand im Haus sein! Ich hab ja alles verriegelt. Aber was krabbelt da? Und was knallt immer wieder? Und warum ist es so hell im Schlafzimmer? Und im Nebenzimmer, wo ich mein Büro habe, da ist es noch viel heller!

All diese Gedanken gehen mir durch den Kopf, während ich immer noch im Ungewissen bin, ob ich mich verkriechen oder besser aufstehen und nachsehen soll, was da los ist in diesem „Geisterhaus". Oder soll ich, wenn sich das nächste

Mal der Schatten an der Wand bewegt, um Hilfe rufen? Nein, das lass ich lieber. Wenn dann doch nichts ist und es hört mich jemand, dann denken die noch ich spinne!

Jetzt ist es wieder still geworden und das mit dem hellen Licht habe ich auch rausgefunden. Es ist nämlich Vollmond! Und der scheint mir durch die halboffenen Fensterläden ins Schlafzimmer. Und im Nebenzimmer, da sind diese sogar ganz offen!

Ich krieche wieder unter die Decke und lasse den vergangenen Tag nochmals durch meinen Kopf gehen. Ja, das war vielleicht ein Tag! Aber eben, es ist halt Vollmond und da passieren oft die kuriosesten Dinger!!!

Als ich mich beruhigt habe und wieder kurz vor dem einschlafen bin, krabbelt es wieder in der Wand. Dann, wieder ein Knall! So, jetzt hab ich genug! Ich raufe meinen ganzen Mut zusammen und will mich endlich vergewissern, was da los ist! Es ist morgens um vier Uhr. Ich mache das Licht an, stehe auf und zieh mir den Morgenrock über. Dann gehe ich aus dem Schlafzimmer, durch die offene Tür ins Nebenzimmer und öffne die Tür zum Gang. Mach auch da das Licht an und sehe nichts und niemanden. Logisch, kann ja keiner da sein! Und jetzt, jetzt öffne ich ganz langsam und leise die Tür zum anderen Nebenzimmer, das sich hinter der „Krabbel-Wand“ befindet! Ich strenge meine Lauscher an, aber höre nichts. Also mache ich vorsichtig das Licht an. Aber ich sehe nichts

Ungewöhnliches! Ja, ich habe auch nichts anderes erwartet! Nur das Krabbeln, das höre ich jetzt von der anderen Seite, also muss es in der Wand drin sein. Jetzt höre ich aber auch, dass draussen der Wind geht. Und so lösen sich die „Geister“ in Luft auf!!! In dieser Wand geht der Kamin hoch und da muss irgendwas Loses drin sein, das sich im Wind bewegt und eben „krabbelt“. Der Knall, der sich immer mal wiederholt, das ist ein loser Fensterladen der unteren Balkontür.

Erleichtert mache ich den Laden fest. Mit der Krabbel-Wand werde ich mich wohl abfinden müssen, denn in den Kamin hinein kann ich nicht. Nein, soweit kommt's noch, dass ich unter die Kaminfeger gehe! Sicher nicht! Und jetzt geht's ab ins Bett. Es wird Zeit, dass ich noch etwas Schlaf bekomme! denke ich so bei mir und lege mich wieder hin. Der geheimnisvolle Schatten an der Wand und das Krabbeln im Kamin wird nicht vergehen, solange der Wind weht! Der Schatten, das ist der Haselnussstrauch vor dem Haus, die ihren Schatten, durch den Vollmond verursacht, in das Schlafzimmer an die Wand wirft!

Und am anderen Morgen, siehe da, hat der Wind noch drei weitere Bohnenstangen zerbrochen!

Freitag, der Dreizehnte

Andrea Redmann und Jürgen Kraußlach

Wobsy, der kleine neugierige Teddybär, saß müde und erschöpft in seinem Sessel und futterte sein Abendbrot. Natürlich gab es ein Honigbrot und dazu eine heiße Tasse Milch mit Honig. Seine Teddymama hatte ihm das Abendessen ins Wohnzimmer gebracht und erlaubte ihm ausnahmsweise, diese Mahlzeit vor dem Fernseher zu verputzen. Sie konnte ihrem kleinen Teddy heute beim Abendessen keine Gesellschaft leisten.

Wobsy futterte sein Brot, trank seine Milch und lauschte nur mit einem halben Ohr dem Fernseher. Dort berichteten Menschen von Missgeschicken und Aberglauben. Wobsy bekam aber nur Bruchstücke mit: „Freitag, der 13te ….. Unglück …… Unfall ….. schwarze Katze …… Schornsteinfeger …..“

Als die Teddymama eine knappe halbe Stunde später wiederkam, fand sie ihren kleinen Bären fest schlafend im Sessel. Der Honig tropfte vom Brotrest in seiner Pfote auf die Polster und die Honigmilchtasse war umgekippt. Der Rest ergoss sich über den Tisch und tropfte auf den Teppich.

Vorsichtig nahm die Teddymama Wobsy das Honigbrot aus der Pfote, hob ihn sachte hoch und wollte ihn ins Bett tragen, als Wobsy schlaftrunken brummte: „Wann ist Freitag, der Dreizente?“
Leise antwortete die Teddymama: „Morgen haben

wir mal wieder Freitag, den Dreizehnten. Aber schlaf ruhig weiter."

Zwei Stunden später hörte die Teddymama, dass ihr kleiner Bär immer wieder in die Küche und dann ins Schlafzimmer lief. Zunächst dachte sich die Teddymama nichts dabei, doch als Wobsy ein weiteres Mal von der Küche ins Schlafzimmer tapste, wurde sie doch neugierig. Leise folgte sie Wobsy und streckte den Kopf durch die Schlafzimmertür.
„Was machst du denn da?", fragte sie Wobsy, der gerade ein kleines Glas Honig auf dem Nachtschränkchen abstellte.
Wobsy zuckte heftig zusammen und plumpste vor Schreck auf das Bett.
„Au, Maaaamaaaaaaa, musst du mich soooo erschrecken?!", brummte Wobsy.
„Hast du etwa ein schlechtes Gewissen, oder warum zuckst du so zusammen, Wobsy?", fragte die Teddymama lachend und setzte sich neben ihren Teddy. „Und was ist das hier überhaupt?"
Die Teddymama zeigte auf den Nachttisch, auf dem neben dem Glas Honig noch Honiglutscher, Honigkuchen und andere Leckereien lagen.
„Daaaas? Das ist alles für morgen", brummte Wobsy und stellte sich schützend vor seine gesammelten Schätze.
„Warum für morgen?", wollte die Teddymama wissen. „Gibt es ab morgen nichts mehr zu kaufen?".
„Na klaaaar gibt's das. Aber ich werde morgen nicht aufstehen, sondern den ganzen Tag im Bett bleiben", erklärte Wobsy voller Überzeugung.

„Und warum?“, hakte die Teddymama nach.
„Na, weil doch morgen der dreizehnte Freitag ist. Da gibt's nur Pech, Ärger und Unglück; ... haben die im Fernsehen gesagt“, brummte Wobsy. „Und damit mir nichts passiert, bleibe ich einfach im Bett.“
Die Teddymama lachte und knuddelte ihren Bären. „Du kleiner Feigling!“, neckte sie Wobsy.
„Ich bin gar kein Feigbär“, protestierte Wobsy, und hätte er kein Fell gehabt, hätte jeder gesehen, wie er rot anlief. „Ich bin nur vorsichtig!“

Am nächsten Tag, Freitag lag Wobsy noch am Mittag im Bett. Nachdem er sein Glas Honig geleert hatte, schaute nur noch seine Nase unter der Bettdecke hervor. Zwischendurch war einmal die Teddymama da. Sie steckte ihren Kopf durch den Türspalt.
„Du, Wobsy.....“, sagte sie, „was ist eigentlich, wenn die Lampe von der Decke fällt?“
Kaum hatte sie lächelnd den Kopf aus der Tür gezogen, landete ein Kissen in dem Spalt.

Langsam wurde es Wobsy im Bett sehr langweilig. Und als er auch noch die Kinder auf dem Spielplatz lachen und toben hörte, wäre er am liebsten aus dem Bett gesprungen und zu ihnen gelaufen, um mitzuspielen. Aber schon überschlugen sich seine Gedanken, was alles auf dem Spielplatz passieren könnte. Und das nur, weil Freitag, der Dreizehnte, war.

Immer unzufriedener und unruhiger wälzte er sich im Bett hin und her. Schließlich hüpfte er im Bett und schlug ein paar Purzelbäume. Irgendwie mussten diese Langeweile und das Pech zu vertreiben sein.

Die Teddymama hörte, dass das Rumoren und Poltern im Schlafzimmer immer lauter wurde und schließlich ging sie besorgt zu ihrem kleinen Teddy. Und so konnte sie ihren kleinen Teddy gerade noch nach einem Purzelbaum auffangen, ohne dass er mit seinem Popo unsanft gegen die harte hölzerne Bettkante stieß.

Wobsy zuckte erschrocken zusammen, zitterte am ganzen Leib und schmiegte sich Schutz suchend an seine Teddymama.
Als er sich etwas beruhigt hatte, brummte er ganz kleinlaut: „Sogar im Bett verfolgt einen das Pech und der Ärger, ja und dieser dreizehnte Freitag!"
Die Teddymama lachte: „Ach, Wobsy, das ist doch nur Aberglaube! Missgeschicke, Malheure und auch das ein oder andere Unglück können uns jeden Tag und überall passieren. Willst du jetzt nicht mit mir runterkommen? Du kannst mir helfen, deine Honigflecken aus dem Polster und vom Teppich zu entfernen."
„Meine Flecken? Ich habe nichts klebrig gemacht!"
„Nein, Wobsy, das hast du nicht absichtlich gemacht, das weiß ich doch. Du bist gestern Abend über deinem Abendbrot eingeschlafen und dabei sind dir diese Missgeschicke passiert."
Nun lachte auch Wobsy und brummte freudig: „Und gestern war Donnerstag!"

Witwe aus Leidenschaft

Chris Cerredwin Keya

Vor einem halben Jahr habe ich geheiratet. An einem Freitag, den Dreizehnten.
Mal wieder, der vierte Versuch. Diesmal ist es für die Ewigkeit. Nicht, dass ich abergläubisch bin, überhaupt nicht. Eine meiner tiefsten Überzeugungen ist, dass jeder Mensch sein Leben selbst steuert, seine Entscheidungen trifft und dann versucht, das Beste daraus zu machen. Ja, das Beste. Nur dies steht mir zu.

Dreimal sagte ich bereits „Ja", versprach, meinen Mann zu lieben und zu ehren, bis der Tod uns scheidet. Dieses Versprechen hielt ich stets, aber was soll ich sagen? Alle verließen sie mich, allzu früh gingen sie von mir. Dreimal stand ich weinend am Sarg, musste schmerzlichen Abschied nehmen.

Uwe war mein erster Ehemann. Selbständiger Architekt, gute zwanzig Jahre älter als ich, die Liebenswürdigkeit in Person. „Häschen", sagte er nach der Hochzeit zu mir, „Du musst doch nicht mehr arbeiten, ich verdiene genug für uns zwei. Ich möchte eine strahlende, frische und glückliche Frau, wenn ich nach Hause komme. Ich baue dir ein Traumhaus, du bekommst eine Haushaltshilfe, alles, was du willst. Nur versprich mir, dass du mich ewig lieben wirst." Es war so leicht, ihn zu lieben, was bedeutet schon das Wort „ewig". Er las mir wirklich jeden Wunsch von den Augen ab, ich war seine Königin, sein ganzer Stolz.

Er war sehr erfolgreich in seinem Beruf. Die Projekte, mit denen er beauftragt wurde, nahmen viel Zeit in Anspruch. Sein letztes Gebäude, das er entworfen und gebaut hatte, war ein Bürokomplex in Frankreich. Als die Anlage fast fertig war, lud er mich zu einer Besichtigung ein, dies ließ sich wunderbar mit einem Einkaufsbummel in Paris verbinden. Fünfundzwanzig Stockwerke, eine begrünte, mediterran bepflanzte Dachterrasse mit Pool, die Hausfronten aus dunklem Glas, es war wunderschön.
Und dann dieses schreckliche Unglück, niemand kann sich bis heute erklären, wie es geschehen konnte. Niemand, außer mir. Ein kleiner Schubs genügte und mein Bärchen stürzte im freien Fall über die provisorische Mauerbrüstung fünfundzwanzig Stockwerke in die Tiefe.

Ich war eine schöne Witwe. Schwarz steht mir ausgesprochen gut. Mein schauspielerisches Talent wuchs im gleichen Maße wie mein Bankkonto. Lebensversicherung, Unfallversicherung, das bereits vorhandene Vermögen machten mich zu einer sehr, sehr reichen Frau. Das erste halbe Jahr trauerte ich gut sichtbar, ging täglich auf den Friedhof, lebte völlig zurückgezogen.

Später ging ich auf Reisen, sah mir die Welt an. Ohne Begleitung natürlich, meine Rolle als unglückliche Witwe ließ das nicht zu. Auf Mallorca kaufte ich mir ein kleines Häuschen mit sechs Zimmern, in der Schweiz eine Ferienwohnung. Es ging mir wirklich blendend.

Doch nach ungefähr zwei Jahren packte mich eine gewisse Unruhe. Ich fühlte mich sehr alleine. Kurz vor meinem zweiunddreißigsten Geburtstag traf ich Helmut. Nach vier Wochen feierten wir Hochzeit.
Helmut war natürlich auch sehr reich. Er arbeitete als Vermögensberater und - er war ein Gauner. Nicht, dass mich das gestört hätte. Wichtig ist, was hängen bleibt, sage ich mir immer. Die Art und Weise, wie Geld auf mein Konto kommt, ist mir völlig egal. Wer sich bei Geldgeschäften über den Tisch ziehen lässt, ist selbst schuld.

Helmut liebte leidenschaftlich das Tiefseetauchen. Viermal im Jahr jetteten wir um die Welt, schipperten über die Meere. Natürlich bestand er darauf, dass ich ebenfalls tauchen lernte.
Am liebsten suchte er nach versunkenen Schiffen. Der große Traum von der Schatzkiste! „Was meinst du, Liebling, wenn ich wirklich mal den großen Fund mache, dann haben wir ausgesorgt." Ja, dachte ich für mich, das ist alles recht und schön, lass den Kindskopf träumen, es hat sich ohnehin bald ausgeträumt.
Ich sorgte dafür, dass seine Sauerstoff-Flasche nur noch zu einem Viertel voll war, als wir das nächste mal auf Tauchgang gingen. Unten am Meeresboden lag das Wrack. Helmut war so begeistert, er wollte das Schiff natürlich auch gleich von innen besichtigen. Ich versperrte die Luke hinter ihm und wartete. Nach einer Stunde war der Fall erledigt. Ich musste nur noch die Luke öffnen, die Leiche aus dem Schiff ziehen, im Wasser treiben lassen. Fertig.

Völlig aufgelöst tauchte ich zu unserem Schiff auf und rief gellend um Hilfe, schrie und tobte. Rettungstaucher schwammen sofort los, erst nach mehreren Tagen wurde er gefunden. Todesursache: möglicherweise Leichtsinn, vielleicht hatte er die Zeit unterschätzt. Jeder wusste von seiner Manie, stundenlang auf untergegangenen Schiffen den Schatzsucher zu spielen. Und so verlor ich auf tragische und schicksalhafte Weise nach nur einjähriger Ehe auch meinen zweiten Ehemann. Wieder schöpfte niemand Verdacht, zu gut spielte ich die Rolle der völlig verzweifelten Witwe. Die ersten Nächte träumte ich noch von ihm, anscheinend besaß ich einen kleinen Rest Gewissen. Das reichlich fließende Geld aus den Versicherungen sorgte allerdings sehr schnell und nachhaltig dafür, dass ich wieder traumlos schlief. Im Trauern bin ich geübt, eigentlich tat er mir wirklich leid, als Ehemann und Liebhaber war er ganz brauchbar gewesen. Aber von Sentimentalität wird niemand satt. Zum Hungern und Sparen tauge ich nicht.
Jetzt kam der Leichtsinn. Kaum fand Helmut im heimatlichen Friedhof seine letzte Ruhe, begann ich erneut die Suche nach einem potentiellen Ehemann und Sponsor.

Nur sieben Monate nach Helmuts unglückseligem Tod heiratete ich Paul.

Paul war Engländer, sehr dekadent und natürlich ausgesprochen reich. Seine Tochter aus erster Ehe lebte noch bei ihm. Das gestaltete das weitere Vorgehen etwas schwierig, denn dieses Mal würde ich das Erbe teilen müssen. Ich dachte, was soll der Geiz, es gab genug Hinterlassenschaft für uns beide. Dank meiner bisherigen Ehemänner konnte ich ohne Probleme großzügig sein. Paul war ein elender Langweiler. Seine Pfeifen und seine Windhunde waren das Wichtigste in seinem Leben. Ich konnte die Kläffer auf den Tod nicht ausstehen. Zwei, manchmal sogar drei Hunde wuselten ständig um ihn herum, sogar ins Schlafzimmer nahm er sie mit. Wenn Paul alle vier Wochen die Hunde ins Bad sperrte, wusste ich, jetzt sind wieder die ehelichen Pflichten dran. Auch in dieser Beziehung war Paul ein Langweiler, bereits nach fünf Minuten ließ er die Hunde wieder aus dem Bad.

Wie wurde ich dieses Ekel bloß wieder los? Ich hätte mir das vor der Heirat überlegen sollen, aber Geld macht bekanntlich blind. Doch die Hölle hatte ein Einsehen. Als Paul mit seinen dämlichen Hunden und seiner noch dämlicheren Tochter zu einem Windhundrennen fuhr, ereilte ihn das Schicksal. Diesmal völlig ohne mein Zutun. Er fuhr wohl zu schnell, verlor die Gewalt über seinen Wagen, prallte frontal gegen einen Baum. Beide waren sofort tot, die Hunde auch. Was für ein Glück. Aber das Leben ist paradox. Diesmal verdächtigten mich alle, beim Tod meines Mannes und der Stieftochter nachgeholfen zu haben. Wochenlang verhörte mich die Polizei, die Versicherungen verweigerten die Zahlung. Die Nachbarn schnitten mich auf offener Straße. Wo ich auch auftauchte, überall Getuschel und Gerede. Doch letztendlich konnte mir niemand etwas beweisen, ich war ja wirklich unschuldig.

Ich war bedient von den Männern. Sie gaben mir ihr Bestes, mehr hatte ich nie gewollt. Ich ging nach Deutschland zurück und lebte ein geruhsames Leben.

Bis ich Manfred begegnete. Ich bin jetzt fast fünfzig, sehe aus wie fünfunddreißig dank regelmäßigem Sport, vernünftiger Ernährung und guter Pflege. Manfred ist Apotheker, dreißig Jahre alt. Er ist wahnsinnig in mich verliebt. Ein Bild von einem Mann, groß, dunkelhaarig, muskulös gebaut. Wenn er mich ansieht, bleibt mir die Luft weg. Wenn er mich berührt, geht die Tür zum Himmel auf. Als er um meine Hand angehalten hat, weinte ich tagelang vor Glück.

Manfred wird bald die hiesige Apotheke von seinem Vater übernehmen. Er schmiedet große Pläne von einem neuen, modernen und innovativen Gesundheits-Center. Natürlich greife ich ihm finanziell unter die Arme, die wirkliche Liebe fragt niemals nach Geld. Geld besitze ich im Überfluss. Geld ist mir so gleichgültig geworden.
Jetzt sind wir schon ein halbes Jahr verheiratet. Ich bin einfach nur glücklich.

Das Leben mit Manfred ist ein einziger Traum, aus dem ich nie mehr erwachen will. Wenn da nur nicht meine Magenprobleme wären. Seit einigen Wochen geht es mir sehr schlecht. Manfred macht sich große Sorgen um mich. Ständig kocht er Tee aus Kräutermischungen, die er speziell für mich zusammenstellt. Er stützt meinen Rücken, hilft mir

beim Trinken, küsst zärtlich meine Stirn.
„Du wirst bald keine Schmerzen mehr haben, mein Engelchen“, tröstet er mich und ich glaube ihm jedes Wort.

Glück im Unglück

Elly Lindt

Freitag, der 13. April, um sieben Uhr dreißig morgens.

Am Düsseldorfer Flughafen läuft der Verkehr auf vollen Touren. Feiertag, Alltag oder wie heute am Freitag, den Dreizehnten. Hier wiederholt sich das pulsie-rende Komm- und Geh-Schauspiel immer wieder neu. Menschen aller Völker in langen Schlangen vor den Check-In-Schaltern der Fluggesellschaften.Gedrängel an den Passkontrollen und in den Duty Free Shops.

Auch außerhalb der Passagierterminals wimmelt es von Menschen. Viele Nichtreisende bevölkern die Shops und Restaurants in der mit Marmor neu ausgelegten Düsseldorfer Flughafenhalle. Einige treffen sich hier zum Frühstück an der Pianobar und lauschen dem Stimmengewirr zu den Klängen von New York...New York. So mancher betrunkene Altstadtgänger erwacht hier, an der S-Bahn Endstation, aus seinem Nickerchen und viele von Heimweh geplagte Gastarbeiter oder auch Liebespaare finden in diesem schnelllebigen Areal ihren ganz privaten Raum.

Da kommen auch schon die ersten gelandeten Passagiere. Am Gepäckband drei der gegen sieben Uhr dreißig gelandeten Maschine aus Dallas/Texas beginnt das Gedränge um die vordersten Plätze. Meist Männer und aufgeregte Kinder beobachten die Gepäckluke aus der irgendwann dann auch die

Koffer, Kinderwagen, Golfbugs und Beauty-Cases kommen.

Eine kleine, zarte Amerikanerin, um die Siebzig, deren klassisches Strickkostüm und Haarfarbe perfekt zu ihrem Namen Rose passt, steuert ihren Gepäckwagen mit einer Hand etwas unbeholfen in die Nähe des Gepäckbandes. Mit ihrer zweiten Hand stützt sie die Ledertasche ab, um sicher zu gehen, dass diese nicht herunter fallen kann. Hilfe suchend schaut sie in die Runde. Aber momentan sind alle mit dem eigenen Gepäck beschäftigt, sodass Rose sich noch etwas gedulden muss. Langsam lichtet sich die Menschenmenge und Rose sieht ihren Koffer, der vermutlich schon einige Runden auf dem Band gedreht hat. Zwei junge Amerikaner, die im Flugzeug in der Reihe hinter Rose saßen, bieten ihre Hilfe an und legen den gewünschten Koffer auf ihren Gepäckwagen. Einer der Männer greift nach der Ledertasche, um sie neben den Koffer zu stellen. Rose stoppt ihn mit einer strengen Handbewegung „Don´t move my treasurebox. Thank´s a lot.“ Tatsächlich hatte Rose die Tasche auch wie einen Schatz behütet, sogar zur Toilette im Flugzeug hatte sie ihn mitgeschleppt und sie war oft auf der Toilette. Einer der Mitreisenden hatte Rose gefragt, was sie in ihrer großen Ledertasche transportiere und Rose antwortete geheimnisvoll, dass sie das Wertvollste, das sie besäße, immer bei sich habe und sie reise zu ihrem Neffen, den sie für vier Wochen in Düsseldorf besuche.
Rose passiert die Gepäckkontrolle ohne von den Beamten überprüft zu werden und stand Sekunden später in der Ankunfthalle des Flughafens. Sie staunt

nicht schlecht, denn einen so schön mit Marmor ausgelegten und mit Marmorsäulen verzierten Flughafen haben sie in Texas nicht. Ihr Neffe Fred, der hier als Computerfachmann arbeitet, seine deutsche Frau Sandra und die Töchter Susan und Samantha empfangen sie herzlich. Rose bekommt Blumen und wird von allen umarmt und geküsst. Über diese Wiedersehensfreude lässt Rose ihre Ledertasche und ihren Koffer für kurze Zeit aus den Augen. Zwei Männer in langen Regenmänteln haben diese Situation wohl abgewartet. Angeblich in ein Gespräch vertieft, stellt sich einer der Männer mit dem langen Mantel vor das Gepäck, wo sogleich der Zweite die Tasche greift, um über die nächste Treppe nach unten in Richtung Parkhäuser zu verschwinden.

Wenige Minuten später stellt Rose den Diebstahl fest. Verzweifelt läuft sie durch die Ankunftshalle und ruft „Help, help“ und „Baby, Baby“, was einen großen Menschenauflauf herbeiführt, weil viele vermuteten, dass ein Baby verschwunden sei. Auch die Leute vom Grenzschutz können nicht viel ausrichten, denn Rose sitzt in Tränen aufgelöst auf ihrem Koffer. Nur mit Hilfe der Familie können sie eine Beschreibung der Ledertasche protokollieren. Rose kann dem Schmerz über den Verlust ihres Wertvollsten nicht standhalten, sie wird ohnmächtig und nur durch einen Hechtsprung ihres Neffen daran gehindert, mit dem Kopf auf den harten Boden aufzuschlagen. Die Sanitäter bringen sie in den Sanitätsraum und geben Rose eine Beruhigungsspritze.

Während sich diese dramatische Szene im Ankunftsterminal des Flughafens abspielte, bemühen sich die Diebe im Ladebereich ihres Minivans, die Ledertasche zu öffnen. Sie parken immer in der Zone für Langzeitparker, dort sind wenig Menschen und es ist einfach, die gestohlenen Taschen im Wagen verschwinden zu lassen.

Eigentlich waren sie Maurer, aber nachdem sie vor zwei Jahren von einem Mallorcatrip mit vier statt nur mit ihren zwei eigenen Sporttaschen nach Hause kamen, haben sie schnell und skrupellos umgesattelt. Erst nur an Regentagen, später täglich. Sie waren nur aus auf Geld und Wertsachen. Kreditkarten und private Papiere warfen sie fort.

Mit einem kleinen Dietrich ist die Tasche schnell geknackt und sie öffnen den Deckel. Ihre Erwartungen werden nicht erfüllt! Anstatt Wertsachen finden sie ein kleines Tier mit schwarz-weißem Fell, welches sie zuerst mit schläfrigen und nach Bruchteilen einer Sekunde mit verschreckten Augen ansieht. Tier wie Diebe haben wohl beide etwas anderes erwartet. Das Tier reagiert um einiges schneller als die verdutzten Ex-Maurer. Es dreht sich um 180 Grad und bespritzt beide mit einer klebrigen, bestialisch stinkenden Flüssigkeit aus seiner Analdrüse. Fluchtartig springen die Männer aus dem Minivan, während sich das kleine Tier in seine Tasche zurückzieht.

Panisch rennen sie in die Flughalle zurück, um sich auf der Herrentoilette zu reinigen. Da aber die Flughafenpolizei über die Mikrofonanlage von dem Diebstahl eines Stinktieres berichtete und um Aufmerksamkeit und Hinweise bat, dauert es nicht lange, bis Männer eines Kegelclubs sich mit grosser Begeisterung um die Stinker im Herrenklo kümmern. Zum Bedauern aller Anwesenden kommt die Polizei relativ schnell, um die Täter abzuführen.

In den regionalen Nachrichten wird über den Fall berichtet und ein kurzer Ausschnitt eines Hobbyfilmers vom Flughafen zeigt, wie die Kegelbrüder die Diebe in Toilettenpapier wickelten und mit Klobürsten bewachten.

Die glückliche Rose und ihr „Baby“ werden zu ihrem Glück im Unglück ausreichend interviewt und gefilmt. Auch die Kegelbrüder müssen immer wieder berichten, wie sie die zwei Männer auf dem Klo in Schach hielten und dass sie Rose und "Baby" bald in Texas besuchen werden.

Nur die Diebe selber lehnen verständlicherweise jede Stellungnahme ab.

Ausschnitt aus Schattenland von

Bastian Baumgart, Veröffentlichung voraussichtlich 12.2007

... „Sonderbar", dachte Arxor, „wir müssen in einem der Türme sein." Anders war es nicht zu erklären, dass nach schier endlos vielen Biegungen noch immer keine gerade Decke über ihren Köpfen war. Sie setzten ihren Weg fort, bis sie schließlich vor einer Tür standen. Schasar trat zu ihr und öffnete sie einen Spalt breit. Ein eigenartiger Geruch strömte ihnen entgegen. Plötzlich ließ sie eine Stimme zusammenzucken.

„Ich habe euch schon erwartet, kommt herein!" Die Tür wurde aufgezogen und Dahlgor stand vor ihnen. Irritiert traten sie in das Turmgemach des Magiers. Sie blickten sich prüfend um und bemerkten, dass sie den Raum durch einen großen hölzernen Schrank betreten hatten.

„Setzt euch!", sagte Dahlgor in fast väterlichem Tonfall und deutete auf zwei Stühle in der Mitte des Raumes, die vor einem großen Pult standen. Hinter diesem nahm er Platz. Sie setzten sich.

„Ihr habt also das Archiv der Sonnenkrieger entdeckt?", fragte er.

„Das was?", rief Schasar.

„Das geheime Archiv, in dem die unbekannten Teile der Geschichte und der Zukunft des Reiches verschlossen sind", erwiderte Dahlgor geheimnisvoll. „Lasst mich der Reihe nach erklären! Ihr habt das Archiv der Sonnenkrieger entdeckt, das nur dem König und seinem Ordensberater bekannt ist. Nicht zufällig, meine ich mit Recht zu behaupten. Die Schriften", er zeigte auf Pergamentrollen vor sich, „belegen es eindeutig."

„Aber diese Rollen sprechen nicht auch, oder?",

fragte Arxor, den die Begegnung mit dem magischen Buch noch immer etwas verwirrte.
„Memoria?", sagte Dahlgor lächelnd. „Das Buch hat euch einen Teil eines bedeutsamen Geheimnisses offenbart."
„Warum?", fragte Arxor.
„Vielleicht dachte es, es wäre einfach an der Zeit. Lang waren die Gedanken verschlossen, nun fanden sie, dass es an der Zeit sei, sich zu befreien."
Die beiden Freunde sahen sich irritiert an.
„Dahlgor ist verrückt", dachte Schasar.
„Bin ich nicht", sagte Dahlgor. „Obwohl, vielleicht etwas verwirrt im Moment. Es gibt noch viel, das du nicht kennst, junger Hexer. Aber deine Zeit wird kommen."
„Ich, ich...", begann Schasar zu stottern. Sein Meister wurde ihm unheimlich.
„Gedankenlesen. Eine Kunst die du lernen sollst, wenn du deine im Griff hast", antwortete Dahlgor auf seine ungestellte Frage. „Aber zu etwas Anderem. Was genau hat das Buch euch offenbart?" Etwas in seiner Stimme klang unsicher.
Arxor zwang sich, nicht an das Erlebnis mit dem Buch zu denken. Er wollte Schasar zuvor kommen und nicht alles erzählen, doch der junge Hexer sprudelte schon los.
„Anfangs hat es die Schatten erwähnt. Ich glaube, im Zusammenhang mit den Völkern und dem Krieg. Dann hat es uns beide angesprochen. Das war erschreckend. Es hat uns Krieger genannt und irgendetwas von auserwählt gefaselt. Und etwas von den Zehn? Wer immer das ist", erzählte Schasar und fügte nach einer kurzen Gedankenpause hinzu. „Und es kannte Doron!"
„Wie?", fragte Arxor.
„Überleg doch mal! Es hat von einem Greifenreiter gesprochen. Von einer Einigkeit der Völker und von

Vorurteilen über Gebirgler", antwortete Schasar.
„Aber wieso Doron?", fragte Arxor.
„Wie viele Männer aus den Bergen kennst du noch?", hakte Schasar nach.
„Keinen", entgegnete Arxor wahrheitsgemäß.
Er verfiel in einen kurzen Tagtraum und ließ die Situation noch einmal vor seinem geistigen Auge vorüber laufen.
„Siehst du!", sagte Schasar.
„Und was sonst noch?", fragte Dahlgor dazwischen.
Arxor schreckte hoch. Diesmal kam er Schasar zuvor, der den Mund schon wieder geöffnet hatte.
„Sie werden kommen. Hierher?", erwiderte Arxor in fragendem Tonfall.
„Die Schatten meinst du?", fragte Dahlgor. Arxor nickte.
„Ja.", sagte Dahlgor knapp.
„Sie werden das Schloss angreifen?"
„Sie werden es versuchen."
„Werden sie es schaffen?", fragte Arxor besorgt.
„Was schaffen?"
„Werden sie uns besiegen?"
„Keiner weiß das vorherzusagen", antwortete Dahlgor ernst. „Außer vielleicht den Elfen."
„Aber was hat es mit dieser einen Strophe auf sich? Was ist mit dem Wunder? Der Hoffnung? Wer hat diese Worte gesprochen? An wen waren sie gerichtet?", fragte Arxor.
„Es waren Worte einer elfischen Prophezeiung. Ihr habt einen Ausschnitt aus ihr gehört. Den Teil, der für euch bestimmt gewesen ist", antwortete Dahlgor.
‚Wir sind Teil einer elfischen Prophezeiung?", fragten beide Jungen mit offenem Mund. Ihre plötzlich aufgerissenen Augen glänzten.
...

Verlagsprogramm

Nichtraucherkids		18,50 €
978-3-939475-00-2	Karin Stritzelberger	
+ CD mit Autosuggestionen zum rauchfreien Leben		
Lara, oder warum rauche ich? - Theaterstück		10,00 €
978-3-939475-01-9	Karin Stritzelberger	
Lara, oder warum rauche ich? - Hörspiel		**14,95 €**
978-3-939475-02-6	Karin Stritzelberger	
Nichtraucherkids - Das Hörbuch		**18,50 €**
978-3-939475-04-0	Karin Stritzelberger	
Liebe ... Nur ein Wort?		**14,95 €**
978-3-939475-05-7	Viele Autoren	
Freitag, der Dreizehnte		**14,95 €**
978-3-939475-06-4	Viele Autoren	
Die Schülerhasserin, Erfahrungen eines Vaters		**12,50 €**
978-3-939475-20-0	Klaus Brodersen	
Hexenmacht		**22,50 €**
978-3-939475-21-7	Raoul Yannik	
Dunkel - Tanz am Abgrund		**14,95 €**
978-3-939475-22-4	Chris Carredwin Keya	
Seitensprung und Affaire		**19,90 €**
978-3-939475-26-2	Raoul Yannik	
Schattenland - Die Zusammenkunft		**18,50 €**
978-3-939475-27-0	Bastian Baumgart	
Schlesien und Preußen		**39,90 €**
978-3-939475-23-1	Hans Peter Schmidt	
Entspannter Leben - Audio CD		**17,80 €**
978-3-939475-40-8	Christian Mörsch	
Soulstrings - Wohlfühlmusik Audio CD		**17,80 €**
978-3-939475-41-5	Zoé	

Windgeflüster		**12,50 €**
978-3-939475-50-7	Christian Mörsch	
Schlummernde Träume		**12,50 €**
978-3-939475-51-4	Christian Mörsch	
Das Auge des Mondsees		**9,80 €**
978-3-939475-52-1	Christian Mörsch	
Schmetterlingsregen		**9,80 €**
978-3-939475-53-8	Christian Mörsch	
Auf den Stufen des Mondes		**9,80 €**
978-3-939475-24-8	Kerstin Surra	
Sternschnuppenmärchen		**12,50 €**
978-3-939475-63-7	Christian Mörsch	
Als der Mond die Sonne stahl		**14,20 €**
978-3-939475-62-0	Christian Mörsch	
Wassermärchen	**Minibuch**	**1,99 €**
978-3-939475-54-5	Christian Mörsch	
Sternenmärchen	**Minibuch**	**2,90 €**
978-3-939475-55-2	Christian Mörsch	
Das Feuergeheimnis Minibuch		**2,90 €**
978-3-939475-56-9	Christian Mörsch	
Sternschnuppenmärchen - Hörbuch		**12,50 €**
978-3-939475-57-6	Christian Mörsch	
Schlummernde Träume - Hörbuch		**12,50 €**
978-3-939475-58-3	Christian Mörsch	
Windgeflüster - Hörbuch		**12,50 €**
978-3-939475-59-0	Christian Mörsch	
Schmetterlingsregen – Hörbuch		**12,50 €**
978-3-939475-60-6	Christian Mörsch	
Das Auge des Mondsees – Hörbuch		**12,50 €**
979-3-939475-61-3	Christian Mörsch	